埼玉地名ぶらり詠み歩き

沖ななも

さきたま出版会

埼玉　地名ぶらり詠み歩き

目次

i 西部エリア

ii 秩父エリア

iii 北部エリア

Ⅳ 東部エリア

Ⅴ 中央エリア

西部エリア

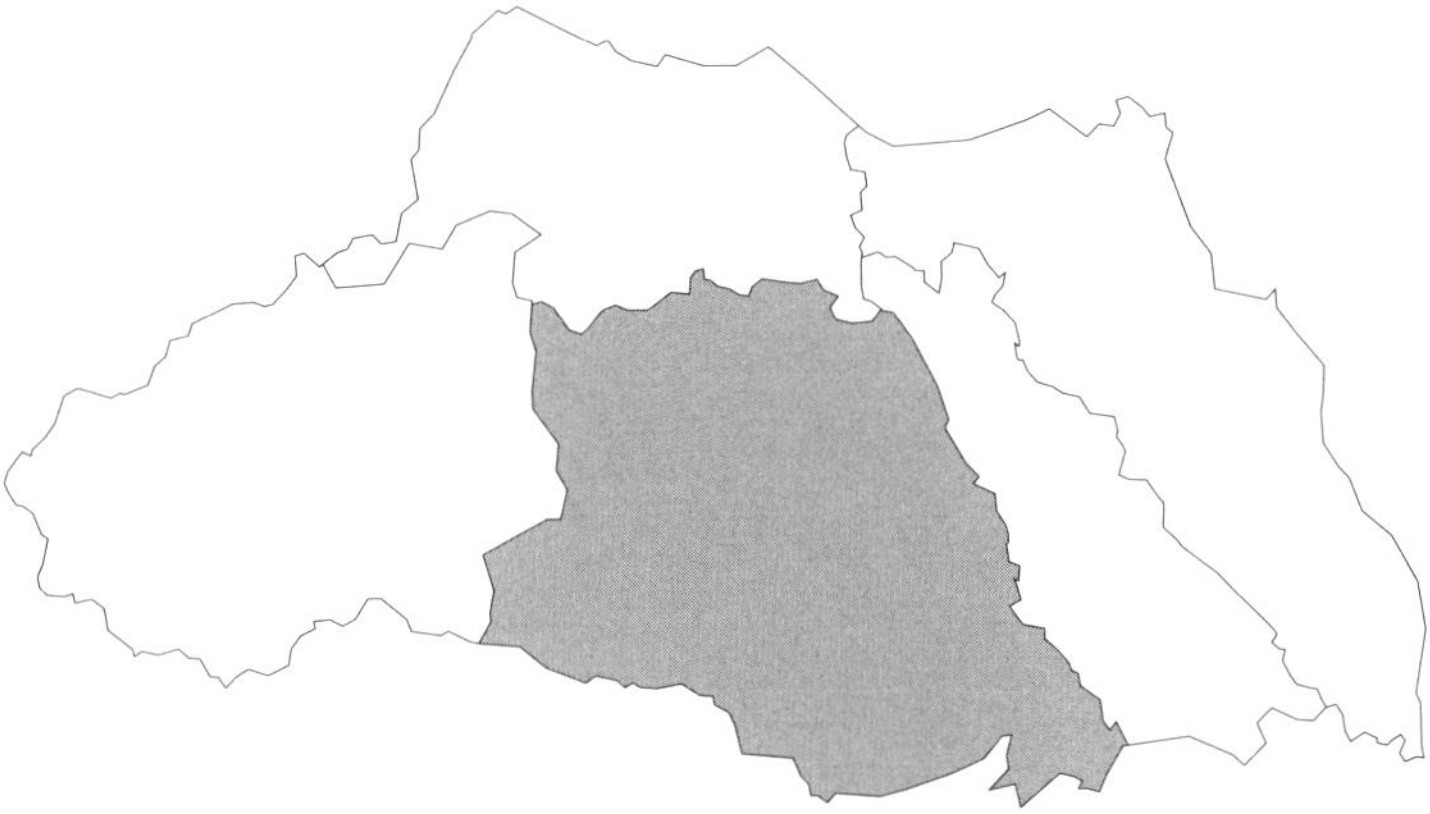

膝折　新倉　新座　引又　三富新田
鶴馬　上福岡　御成道町　鶴ケ島
浅羽野　虫塚　曲師　所沢　神米金
狭山・入間　堀兼　矢颪　名栗　高麗
毛呂山　越生　熊井　吉見　御所
東松山　岩殿　嵐山　太郎丸　玉川
都幾川　増尾　御堂

膝《ひざ》折《おり》

朝霞市

武将の荒馬が疲れ果て

朝霞市に膝折という地名がある。

昔、小栗小次郎助重という武将が賊から逃れてきたが、あまりにも急いできたため、乗っていた荒馬が疲れ果て、膝が折れて死んでしまった。

そんな伝説が由来だといわれるが、この言い伝えが取り上げられている『新編武蔵風土記稿』には、この話はちょっと疑わしいとも書かれている。もっと早くから膝折といわれていたという。伝説の域を出ない地名は何処にでもある。それでもいいのではないか。

朝霞は、東京のベッドタウンとして急速に開けてきた所。もちろん、ここにも古くからの歴史がある。

『朝霞市史』を読んでいたら、懐かしいような生活ぶりが記されていた。親族のことを「イッケ」という呼び方があるらしい。制度というほどはっきりしたものではないかもしれない。習慣とでもいうような程度か。

「イッケ」は、漢字で書けばたぶん「一家」だろう。血のつながりのある親族は何かにつけて助け合う。冠婚葬祭、年中行事、信仰などの結束だ。一族の付き合いには、堅苦しいこともある。現在はその煩雑さを厭《いと》うあまり、孤立してしまっている人が多いのではないだろうか。

結束の煩わしさと、個人主義の孤独。どちらがましなのかは、人によって違うだろう。ただ、そんなに遠くない昔、農作業を助け合う「結《ゆい》」という仕組みもあった。日本はこういう慣習で、絆が強かったのだ。最近また、絆の大切さが強調されるようになった。

逃《のが》れ逃れここに果てしか千里馬も膝折りて地に身をゆだねつつ

新《にい》倉《くら》

和光市

新羅王の住まいか

「和光」を広辞苑でひいてみると「自分の知徳の光をやわらげ隠して現さないこと」とある。そんなわけで目立たなかったのか、なんて思ったりして。東京と隣接していることもあり、和光って埼玉？　東京？　と思われている所でもある。

調べてみると平和とか栄光とかのイメージからついたもので歴史的な意味はないらしい。

しかしこの辺りは古くからの歴史がある。新座市や志木市、朝霞市などを含む広い範囲は「新羅郡《しらぎぐん》」と呼ばれていた。それがいつ頃からか「新座郡《にいくらぐん》」と呼ばれるようになった。現在では新座市《にいざし》が別にあるが、「にいくら」と音を同じくする地名「新倉」がその名残だろう。

午王山《ごぼうやま》遺跡は新羅王の住まいだったという伝説があるようだが、まだはっきりした証拠は出ていないらしい。『さいたまの地名』という本には「午房山《ごぼうやま》には新羅の王子が住んでいた」とある。王と王子、やっぱり王子さまのほうに惹《ひ》かれるが、午王山と午房山は同じなのか。

また、市内には「白子《しらこ》」という地名もある。古代に新羅から渡って来た人たちが住んでいたという。新羅が志楽木《しらく》、志良久《しらく》、白子と変わっていったともいわれる。

もう一つ古い地図の中に面白い地名を見つけた。今は無い「雑丹袋《ぞうたんぶくろ》」という地名だ。土地が荒川に張り出していて袋のような地形だった。そして対岸の人と話が出来るほどの近さにあった、ということで雑談の出来る所、雑談袋になったという。それが「雑丹袋」に変わったわけだが、なんとも楽しい地名ではないか。農作業をしながら和やかに雑談している姿が目の前に浮かんでくるようだ。

遠くとおく新羅の国は遠くして語ることなし王も王子も

新《にい》座《ざ》

新座市

新羅人が住み産業に貢献

新座とは、かつての新羅郡が新座郡と改名されたもので、当初は、「にいざ」ではなく「にいくら」と読まれていた。

新羅は、もちろん「しらぎ」であって、朝鮮半島の新羅国から来た人たちが住んでいた所だった。当時、新羅の文化はとても進んでおり、新しい技術を持った者もいたし、芸術的な分野でも優秀な人が多く、日本の産業発展のためにはとても必要な人たちだった。したがって、新羅郡が置かれたのである。

新座といえば、まず最初に思い出すのは野火止《のびどめ》用水である。「伊豆殿堀」ともいう。川越藩主だった松平伊豆守信綱が造ったからだという。

江戸へ水を供給するために玉川上水が掘られることになった。その時、川越藩ではタイミングよく、野火止新田の開発に着手した。タイミングよくというか、むしろそれをあてにしてということだったのだろう。

その玉川上水の水は、7割が江戸へ送られ、3割が野火止用水へ流れたというのだから、かなりの量である。後に、さらに何カ所かに水が分けられたようだが、天領地以外では野火止用水だけなのだという。伊豆守の政治的な力だろう。だからこそ、伊豆殿堀などと言われるようになったのだと思う。

かつて、この辺りは焼き畑農業が中心で、野火が広がりすぎるのを防ぐための堤防や塚のようなものが築かれた。新座市内の平林寺には、野火止塚が残されている。野火の見張りをした場所だとも言われている。

勢いの余れる野火を防がんと塚に堤に瞠《みは》るおところ

引《ひき》又《また》

志木市

ヒキガエル川べりを這う

志木市の地図を見ていると大半の地名が「宗岡」で占められている。宗岡と上宗岡、中宗岡、下宗岡である。あとは本町が少し、幸町、柏町、館がちょっぴり。宗岡という地名はかつての領主の名前らしい。

合併の末の地名だなあと思った。大きな地区の地名に上・中・下とか東西南北をつけて小さい地区の色合いを消してしまうやり方である。

この辺りにかつては引又《ひきまた》という地名があったが今は片鱗《へんりん》も無い。

「引又」とは、「曳跨《ひきまた》」で、新河岸川の船を上流に引き上げる時、柳瀬川と合流する所を跨《また》いで引き上げたからだという説がある。

一方そうではなく、新河岸川と柳瀬川の合流地点が、ヒキガエルの這《は》いつくばった形に似ているところからきているともいう。

蟇俣《ひきまた》村と記された庚申塔《こうしんとう》がある。蟇俣から蟇股、引又になったのだろうということだ。

その引又村と館《たて》村とが合併するという話が持ち上がったのが1874（明治7）年のことである。しかしどちらも地名を譲らない。引又はもともと館村の一部だったのだから、館村にすべきだという館村の言い分。一方、引又のほうもこの頃は穀類の交易などで繁栄しており、いまさら地名を変えられるのは困ると引き下がらない。

そこでどちらにもせず、昔からあった志木郷という地名をたてに志木宿とすることで合意した。

その「志木」は、「志楽木《しらぎ》」で「新羅《しらぎ》」から転じたのだという。しかも実は志木あたりのことではなく今の和光市近辺のことだったというのだから、妙なものである。

上空から見ればのっぺりヒキガエル川べりを這う腹ふくらませ

三富新田《さんとめしんでん》

三芳町

川越藩主、論語から命名

川越藩主の柳沢吉保が新田開発に手をつけたのが1694（元禄7）年だった。今でこそ緑の豊かな武蔵野の風景が広がっているが、それまでは萱《かや》のようなもので覆われていたらしい。いかにも自然のようだが、人の手が入って今のように美しく作られたのである。用の美、機能的につくられたからこその美である。

幅6間の道を挟んで間口40間、奥行き375間の短冊のような形の畑が並んでいる。道に沿って家が立ち防風林として欅《けやき》が植えられ、その奥に畑、さらに奥には畑と同じくらいの広さの雑木林、つまり里山がある。

里山の楢《なら》や櫟《くぬぎ》の落ち葉は肥料となり、茸などが食料になったりもした。とても合理的な整地だったわけだ。柳沢吉保というとドラマでは悪役として描かれがちだがそんなことはない。新田開発は江戸時代には重要な政策であった。

畑作や暮らしには水が必要。用水路を作って引こうとしたが地質の関係でうまくいかない。それで深い井戸を11カ所も作ったという。なかなか簡単な作業ではなかったわけだ。

その苦労のかいあってか、作られた芋は「富のいも」として江戸では人気があったらしい。今ふうに言えばブランド芋ということになるだろうか。きっと高値で売れたのだろう。今も昔も良質の物の売れ行きがいいのは当然。

その「富」というのは柳沢吉保が論語からとって命名した。人が集まったら富ませること、富んだら教育をつけることが大事、と。

ここには多福寺がある。なにやらめでたい名前だが、入植者の菩提寺である。人がいれば寺や神社が必要だ。心の拠り所が必要になる。これも都市計画の一つなのだと思う、人の心を中心においての。

江戸っ子のこころをつかんだ富の芋畝《うね》のいくすじまっすぐに伸び

鶴《つる》馬《ま》

富士見市

住人らの心を色濃く残す

鶴馬、鶴瀬、駒林、亀久保、鶴が丘、牛子……。ふじみ野市や富士見市あたりの地図を見ていると、動物の名前がいくつも見つかる。

駒林は、林の中で馬が倒れていたからだと伝えられているが、『新編武蔵風土記稿』には「信ずるに足らざれども里人の伝るままを記せり」とある。由来が正確かどうかより、里人の伝説を大事にしようとする感覚が見られる。住人の生活実感を大事にする姿勢に感心する。

鶴馬のツルは水路のある平地の意で、鶴間と書いた時代もあった。近くに新河岸《しんがし》川が流れ、鶴間本河岸があり、隣は鶉《うずら》河岸という。鶴に対して、同じく鳥の仲間ということで「鶉」を付けたのだろうか。

新河岸川にはいくつもの河岸《かし》があった。現在の行政地区割りでは計れない川のつながりがある。舟運の船頭が多く住んでいた地区に、運航の安全を祈って建てられたのが大杉神社だ。関東一円の船頭100人の名前が記され、天狗《てんぐ》の面のついた額が奉納されている。現在は河川工事のために社が少し移動し、情緒はさほど感じられないが歴史はある。

流通としての川の役割は終わった。今はのどかな土手が安らぎを与え、福岡河岸記念館として残った回漕《かいそう》問屋福田屋も含めて、ハイキングコースとして整備されている。

地名には、住人の心や歴史が色濃く残っている。何を考え、どう生きてきたかも推測できる。過去を知ることは未来への道しるべにもなる。けっして、地名を安易に消して欲しくはない。改名によって歴史や過去がうかがい知れなくなるのは、実に寂しいことである。

荷積みのおと帆をあぐるおと響きけん新河岸川のほとりの春秋

上《かみ》福《ふく》岡《おか》
ふじみ野市

河岸の歴史、合併で遠く

地名の変遷は、合併の歴史といってもいい。市制町村制が施行された1889（明治22）年頃から、県内でも合併が繰り返されたという資料もある。旧「上福岡市」は、名前こそ当初の「福岡村」から変わったが、長い間、合併のないまま保たれてきた。だが2005（平成17）年、とうとう合併することになった。

初めは、富士見市、大井町、三芳町とが合併する予定だった。新しい市名を公募したところ、東武線にふじみ野駅があるためか、ひらがな表記の「ふじみ野市」が採用されることになった。ところが、この組み合わせでの合併が破談に。上福岡市と大井町だけで合併し、「ふじみ野市」を名乗ることになった。かくして、上福岡市という自治体名は消滅した。そして「ふじみ野市」と「富士見市」が隣合わせにあるというややこしいことになってしまった。

「福岡」という地名の由来は、はっきりしないらしい。旧福岡町が市になるとき、九州の福岡市と紛らわしいので「上」を付けたのだとか。

ここには新河岸川が流れている。江戸時代には舟運で栄えた。川越の大火で焼失した仙波東照宮の造営のために、材木を運んだのが最初だという。川のほとりには、福岡河岸記念館がある。往時の繁栄が偲ばれ、一見の価値ありだ。ただ、市名が変わり、なぜ「福岡河岸」と言われたのか、分かりにくくなってしまった。歴史が抹消されてしまうのだ。今では、新河岸川は小さいし、これで舟が通るのかと思うが、当時はもっと水量が豊富だったのだろう。のどかな川の流れは、何とも言えぬ郷愁を誘うものである。

川流れ水面《みなも》に写る雲ながれ還らぬものは戻すすべなく

御成道町《おなりみちまち》

川越市

殿様の鷹狩りの道

城下町によくある地名と言えば、大手町、御成町、郭町、寺町、肴町、鍛冶町、大工町、細工町などがあげられるだろうか。

大手町は大手門の辺りで、鍛冶町、大工町は大工や鍛冶屋が住んでいた所。単純かつ合理的である。鍛冶屋といっても農具などではなく刀鍛冶だったのだろうか。町の名前を聞いただけで様相がわかる。

川越には御成道町《おなりみちまち》というのがあった。殿様が鷹狩りに行く道だったという。また鷹部屋町《たかべやまち》という地名もある。家康が度々鷹狩りに来たので、この地に鷹匠が住んでいたというのだ。なかには上級武士並みの200石取りの鷹匠もいた。しかし、五代将軍綱吉の生類憐みの令以降、衰退していったらしい。上位に立つ人によって家来の人生が変わるのはいつの時代でも同じか。

また松江町は当初からあり、この辺りの沼で獲《と》れたドンコという魚が、中国・松江《しょうこう》の巨口細鱗《さいりん》（口が大きく鱗の小さい魚）にも劣らず美味《うま》かったのでこの名が付いたという。中国への憧れがあったのだろう。

この辺りは地名の由来を調べるまでもなく分かりやすい。

現在の地図を見ていると大手町、郭町などは残っているが、消えた町名も多い。今どき鷹匠も鍛冶屋もいないのだから、それもしかたがないなあとは思う。その時代の人にとって便利なように、あるいは時代を表すような地名も必要だろうから変化することも良しとしよう。

ただ小江戸と呼んで観光に結び付けようとしているのなら、江戸時代の地名に戻してしまうのもかえって有効なのではないかと思うのだが、どうだろう。

有平糖《あるへいとう》のにおいをさせて振袖《ふりそで》が相生町から鷹部屋町へ

鶴《つる》ケ《が》島《しま》

鶴ケ島市

松に鶴の縁起よい風景

新しく地名を付けようとする時、美しい字や名前にしようとするものだ。「鶴ケ島」は、見ただけでめでたい地名。かつて田園地帯だった所で、近代化が進み都市生活者が住むようになって、何とか印象の良い名前を付けようと、住民が知恵を絞って命名したのだろう。そんなふうに思っていた。

ところが、そうではなかった。伝承によると、名付けられたのは、太田道灌が川越に城を築いた1457（長禄元）年頃だという。「脚折《すねおり》」という辺りは、雷電池《かんだちがいけ》から水が引かれ、水田や沼など湿地帯が広がっていた。その中の少し高く盛り上がった島のような所に相生《あいおい》の松が生えており、鶴がそこで巣籠《すご》もりをしたというのである。この辺りにも鶴がいたのか。

川越とは隣合わせの土地である。「太田ケ谷」という地名が残っているが、これは太田道真、道灌親子との縁で付けられたという。

松に鶴。何とも縁起のよい風景で、おのずから地名が決まったのだろう。そういう自負があるからか、1889（明治22）年に脚折、高倉、下新田などが合併して鶴ケ島村となってからは何処とも合併せず、鶴ケ島町、鶴ケ島市と発展してきた。

川越などに比べ、鶴ケ島はとりたてて見どころはないと思っていた。しかし、日光（栃木県）と八王子（東京都）を結び、日光東照宮の火番役の八王子千人同心が往復した街道があると初めて知った。新田開発の陣屋跡などもあるし、歴史的にも見逃せない。関越自動車道、圏央道のインターチェンジもあり、発展著しい。

この島のたたずまい好しこの松の棲《す》みやすからんと鶴飛来せり

浅《あさ》羽《ば》野《の》

坂戸市

千年の杉は枯れても美しく

「紅の浅葉《あさは》の野らに刈る草《かや》の束《つか》の間も吾を忘らすな」（浅葉の野で刈っている草の一握りほどの短い間も私のことを忘れないで）と『万葉集』に詠《うた》われた「浅葉野」。坂戸市には、その場所ともいわれる「浅羽野《あさばの》」という地名がある。

坂戸市浅羽野2丁目の土屋公園には、この歌碑がある。いかにも東歌といった雰囲気を持った歌で、やはり東の国の歌、おおらかな歌である。なんでもない土地のように見えていても、「万葉集の……」などと言われると、何となくゆかしい感じを抱いてしまうから不思議だ。

浅葉野の場所については、他にも説がある。静岡県袋井市でも、浅羽図書館にこの歌碑が立っている。もともとは浅羽町だったが、袋井市と合併して無くなってしまった。こうして万葉ゆかりの地名が一つ消えたが、埼玉はまだ何とか残っている。

土屋公園の隣には土屋神社がある。歌碑があるのは公園だが、雰囲気としては神社のほうが断然いい。土屋神社は古墳の上に建っているとのことで、少し盛り上がったような地形だ。

土屋神社の本殿の後ろにそびえ立っている杉。大きい社とはいえないが、それでも社の屋根を越えて堂々と立っている大木だ。枝が真っ白で何年も前から枯れているように見えるが、それがオブジェのような造形美にも見える。木そのものはまだ生きていて、枝の先には緑の葉が伸びている。樹齢千年という。

木は不思議で、勢いがいいから美しいとは限らず、枯れても美しいということもある。

一本の杉の見てきし千年の時がうずたかく積もる浅羽野

虫塚《むしづか》

川島町

稲から駆除した虫を葬った塚

川島町《かわじま》には遠山記念館がある。旧日興証券創立者の故・遠山元一が生家を再興し母親のために建てた邸宅。敷地は約2600坪あるそうだ。邸宅も庭も豪華だが、コレクションもすごい。特色があるのは、雛人形。3月近くなると、古い享保雛や御所人形などが、びっしりと展示される。

町が出版した『川島町の地名』（1999年）という本を見ていたら、かなり難しく面白い地名や、由来の紹介が目に入った。

例えば「論解《ろんとく》」。「論」は水に関する争いのことで、「解」は解決のことらしい。「姥作《うばづくり》」は湿地帯で山姥しか耕せない土地という意味だという。何ともユーモラスな名だと思うが、昔の人々にとっては耕し難い、苦しい土地で、ユーモアどころではなかったのかもしれない。

しかし、これらは小字《こあざ》だということで、今の地図では見付けられなかった。残念だが、伝説のような、出所の曖昧な地名だとされたのだろうか。

それでも、まだけっこう面白い地名が残っているのは嬉しい。

「長楽《ながらく》」は、元は「ナガラ」で長いもの、つまり川のことを指していた可能性がある。「釘無《くぎなし》」の「釘」は「くき」のことで、小高い自然の堤防のような所を意味し、それが無いということで低地を指すらしい。「虫塚」は、稲につく虫を駆除するための虫送りの習慣があり、その虫を葬った塚のことのようだ。どの地名も、ほとんどが地形や農業に関りがある。つまり、生活に密接していたことがうかがわれるのだ。そこに暮らす人々の思いを形にしたのが地名でもある。

山姥が汗して鍬《くわ》を振り上げる思うだに怖し思うだに愉快

曲《まげ》師《し》
川島町

曲物職人の町

入間川のほとりに下大屋敷という地名がある。「何々屋敷」という地名は、豪族などの屋敷があった所だといわれる。

そしてその近くに、曲師というところがある。曲師は、「曲げ物」を作る職人たちが住んでいた場所だ。曲げ物とは杉などを薄くした板を輪のように曲げて作る器で、例えば桶《おけ》のようなもの。東北地方では曲げわっぱなどともいう。

隣には狢《むじな》（上狢、下狢）という所がある。狢は、狸と同じように人を化かすことがあるらしい。狢が数多く生息していた昔は、人間たちが化かされたこともあったのだろう。確かなことはわからないが、「化かされるので気をつけろ」という警告の意味で地名になったのでは、などと想像を巡らせている。

その隣は釘無。「クギ」とは、自然の堤防になるような小高い所をいう。それが「無」いというのだから、川が氾濫《はんらん》することがたびたびあったのかもしれない。

出丸《でまる》（出丸本、出丸中郷、出丸下郷）という所もある。出丸は古くは「伊豆丸《いずまる》」と書き、「イズマル」が「イデマル」「デマル」と転じたようだ。この辺りは、松平伊豆守信綱の所領だった。「知恵伊豆」と呼ばれて将軍にも頼られた川越藩の主である。

大きな屋敷があったかと思うと、堤防がなく農業に困ったこともあり、ときには狢に化かされて……、などと、地名からかつての生活の様子を思い描いてみるのも楽しい。

いずれも人間の暮らしや息吹が感じられるような地名だ。どことなくユーモラスでもあり、人々の体温を感じる。

川の辺に人は暮らせり水をおそれ狢に化かされわれらの祖《おや》は

所《ところ》沢《ざわ》

所沢市

野老《ところ》との関り点在

「野老」と書いて「ところ」と読む。山芋のことである。今の所沢の辺りに自生していたので、かつて歌人の在原業平が「野老の沢か」と言ったとか言わなかったとか。

しかし、山芋はどちらかといえば山間部の乾いた土地に生えることが多いので、そうではないだろうという説もある。地名の由来を調べていると、在原業平にまつわる話はあちこちに出てくるので、あまり当てにならないのかもしれない。

また、この辺りは和服の襟を合わせたような地形なので「フトコロ」と呼ばれていて、それが次第に変化していったという説もある。

所沢市の元町交差点の近くに「野老山実蔵院」があると聞き、地図を頼りに出かけてみた。墓が見えたので「あそこだろう」と見当をつけたが、辺りを3周しても、なかなか辿《たど》り着けない。丁寧に教えてくれた人がいて、やっと分かった。小さな小さな道を入っていくのである。

この細い道が鎌倉街道だったのだ。昔の街道は主要な道でもかなり細いものだと驚いた。所沢には、まだどことなく面影の残る鎌倉街道が生きている。少し北へ行くと、新光寺がある。ここも野老に関りがある。身分の高い僧がこの寺で山芋を提供され、「野遊びのさかなに山の芋そえてほり求めたる野老沢かな」と詠んだという。

友人が何人も所沢に住んでいるが、「ところさわ」と言う人と、「ところざわ」と言う人に分かれる。市は濁る読み方をとっているが、各々なにか拘《こだわ》りがあるのかもしれない。


野老葛《ところずらとこ》常しくあれと山芋を食《は》むが習いの古人《いにしえびと》は

神米金《かめがね》

所沢市

三地名から一字取って命名

こういう文を書いていると、こんな変わった地名があるよと教えてくれる方が時々いる。

というわけで教えてもらったのが「神米金」。「かめがね」と読む。なるほど、何となく豊かになりそうな、めでたいような名前である。しかし調べてみるとそれほどのことはなかった。

神谷新田、久米新田、堀金（堀兼）新田の三つの地名の一字ずつを取っての命名だった。久米新田は開拓者の名をとって平塚新田とも呼ばれていたが、小村の平塚・堀兼ともに財政困難のため合併を申し出たということだ。1874（明治7）年のこと、資料には熊谷県に提出、とある。その頃はまだ埼玉県ではなかった。

両方の地名の一字ずつをとって新名にする方式はよくある。この弊害は元が何だか分からなくなることである。それでも合わせたということが分かればまだいい。まったく関係のない名前になってしまうのは困る。例えば他所《よそ》のことを例に挙げては失礼だが、南アルプス市とか四国中央市とかである。

神谷新田についていえば、現在の吉見町の農民、神谷内蔵助が開拓したという。吉見とではかなり離れているようにも思えるが、ずいぶんと勢力のあった人なのだろう。

この辺りには○○新田という地名が多い。所沢新町といっている所も、もとは新田だったのだ。県全域といってもいいのかもしれないが、新田とは付いていなくても、かつては開拓ということが大きな事業だったに違いない。

何となく古めかしいというので新田をとってしまうのは、出自を隠すようで後ろめたい気もする。

神も米もいわんや金はありがたく朝夕《あしたゆう》べに畝《うな》いたりけん

狭山《さやま》・入間《いるま》

狭山市・入間市

互いの名を使い合い

自治体名の変遷をたどると、村だった所が、合併や人口の増加で町になり、市となった事例が多く、地名は変わらない、という所が多い。

ところが狭山市の場合、過去にあったのは狭山町（村）ではなく、入間川町（村）などだった。一方、入間市をさかのぼっても入間町（村）は無く、あったのは元狭山村などだ。

変じゃないの？　と思って狭山市史を読むと、市名決定は、やはりなかなか困難だったらしい。

合併する1町5村の長が、一部屋に集まって市名を検討した。「狭山市」を主張したのは堀兼《ほりかね》村、柏原《かしわばら》村など。「入間市」や「入間川市」を主張したのは奥富《おくとめ》村、入間川町など。真っ二つである。会議の様子が克明に書かれているのだが、2票ずつ投票した結果、「狭山市」に最多の5票が集まった。

茶業に関わる家が多かったので、何としても「狭山」を名乗りたかったらしい。1954(昭和29)年のことである。

その隣に入間市が誕生したのは、12年後の1966(昭和41)年。元狭山村の一部とすでに合併していた武蔵町から市になったが、「狭山」は使えない。市名を全国公募し、決まった。古来「入間野」と呼ばれていたこともあるので「入間市」。

そのような歩みをたどった狭山と入間だが、入間市に狭山小学校があり、狭山ケ原もある。狭山市には入間小学校がある。ああややこしい。

入間とは、谷の入り組む所という意味。「間」は狭い所。狭山も入間も、似たような名前なのである。

ややこしい二つの市に、合併計画が持ち上がったこともある。だが、両市とも反対が多く、実現はしなかった。

入間なる狭山小学校　狭山なる入間小学校ふかき縁《えにし》の

堀《ほり》　兼《かね》

狭山市

掘りかねる井戸を掘る

ここの地名は、「堀兼の井」があることから命名された。では堀兼の井とは何か。

日本武尊が東征のおり、井戸を掘った。ではなぜ掘ったのか。

堀兼神社の社伝にはこんな説明がある。土地の人々が旱魃《かんばつ》で困っていた。ちょうど通りかかった日本武尊が富士山に祈ったところ水が湧き出したと。もう一つ、１９２４（大正13）年に県の文化財に指定されたおり、当時の県知事が由来記を書いているのだが、それによると、日本武尊が東征の帰り、ここに駐《と》まったが軍中飲料水に乏しく、井戸を掘ったとある。しかも、堀兼は、つまり掘り兼ねる、掘り難いという意味だというのだ。祈ったら水が湧いたのとは正反対のようだが。

共通するのは日本武尊に関わることである。とにかく古い。古いから、実は堀兼の井が確かにこれなのかどうかも分からないらしい。

藤原俊成の「武蔵野の堀兼の井もあるものをうれしや水の近づきにけり」という歌があり、古くから有名ではあったが、この辺にはいくつか井戸があり、ここと確定はできないようだ。しかし古い井戸の跡があり柵がしてあったりすると、なにやらゆかしい気持ちになるから不思議だ。

ここは江戸にもそう遠くないし、徳川家とも開拓事業なども含めて強い縁がある。将軍が鷹狩りをした場所もある。鷹狩りと言っても単なる遊びではなく、将軍が市中の民意をさぐることも目的の一つだった。

そう言えばあの暴れん坊将軍だって、市中に出て庶民の実情をそれとなく観察していたということなのだ。

掘りかねし井戸の底なる枯れ落葉こんなに静かになり得るものか

矢《や》颪《おろし》

飯能市

戦勝祈願の伝説

「飯能」の地名の由来は「榛野《はんの》」あるいは「埴野《はにの》」というのが有力だが、朝鮮語の「ハンナーラ」（大部落）または「ハンナイ」（大野）からきているとか、いやいやチベット語で「聚能《はんのう》」という古代の都市にさかのぼるとかいう説もある。さらに水路のある野を意味するイノと読み、砂礫《されき》地を指すという主張まであるのだから恐れ入る。

その飯能には「矢颪《やおろし》」という地名がある。ちょっと珍しい。日本武尊が東征のおり、矢を飾って戦勝祈願をしたという。これにも俗説がある。平将門が藤原秀郷軍に向かって3本の矢を射たところ、1本が前の山を貫いて落ちた。そこを現在の前ケ貫《まえがぬき》という。別の1本の矢が下がったところを矢下。これが矢下風となり、風と下が一緒になって颪、それで矢颪に。ここには征矢《そや》神社がある。もう1本は川を越えて落ち、それを祀《まつ》ったのが射宮司《しゃぐうじ》だというのだ。もちろん伝説だから本当のことではないだろうが、しかし征矢神社も射宮司も現存している。

矢颪のオロシという語も崖という意味があり、前ケ貫も対岸が低地で、前方が抜けたような景観だということで名付けられたというのだが、想像力を掻《か》きたてられる地名だ。個性的な人たちが付けた名前であることは間違いない。

征矢神社に目を引く絵馬があった。老夫婦が手を合わせていて、その背後に雪下ろしをしている人がいる、というもの。戦後無事に満州から引き揚げたご夫婦が奉納したようで、現地での暮らしぶりを描いたものらしい。伝説はともかく、村社として根付いているのを実感することができた。


戦いの矢の落ちしというこの社《やしろ》いま落葉《らくよう》のしずけさにいる

名《な》栗《ぐり》

飯能市

自然豊か、「狸」も「栗」も

2005（平成17）年に飯能市と合併した名栗村。「名栗の語源は、ノグリ、韓国語の狸のことだよ」と言うのは「名栗カヌー工房」の主《あるじ》。少し離れた日高市に高麗神社があるように、高麗人の集落があったのだから韓国語であってもおかしくない、というのがその主張だ。「狸なんて、どこにでもいたでしょう」と言うと、「この辺りは特に多かったらしい」と。

『新編武蔵風土記稿』には、この辺には栗の大木が多かったからだと書かれている。栗か狸かの違いで、根拠としてはあまり変わらないような気もするから、狸でも良いかもしれない。

要するに、はっきりした説がないということなのだ。

そんなことには関りないと言わんばかりに名栗渓谷は清らかな流れ。いくつもキャンプ場があり、子どもたちが歓声を上げていた。浮輪に乗ってぷかぷか流されていくのを愉《たの》しむ姉妹がいた。何とも気持ちよさそうだった。

「さわらびの湯」という日帰り温泉施設がある。朝から大勢の人が来ていた。渓谷を眺めながら温泉に入るのは至福のひと時だろう。本当に日本人はお風呂好き。日本の地形からして大河ではなく渓流が多い。日本人には、渓流に癒されるDNAがあるのかもしれない。

カヌーもそうだが木工が盛ん。かつては林業の町だった。林業に関わる人たちの山ノ神信仰があった。自然に対する畏敬《いけい》が自《おの》ずから神を崇《あが》める思いになっていったのだろう。謙虚な思いがなければ自然の中では暮らせない。奥ゆかしい土地である。

漣《さざなみ》のちいさき頭《かしら》が水の面《も》をじゃれあうようにころがりゆけり

高《こ》麗《ま》

日高市

開拓者の故郷にちなむ

埼玉県に住んでいても、正直言うと日高市がどの辺りに位置するのか、はっきりは分かっていなかった。それでいて、市内で有名な高麗《こま》神社や巾着《きんちゃく》田は知っている。

「高麗」は、朝鮮半島の高句麗から渡来した高麗王若光《じゃっこう》という人を中心に拓《ひら》かれた土地柄ゆえの名称だ。高麗神社のホームページに、若光は716年に駿河、甲斐、相模、上総、常陸、下野などから移り住んだ高麗人1799人と共に開拓にあたったと書かれている。こんなに細かい数字まで把握できていたのかと感心する。きちんとした文献が残っているのだろう。

若光は、文武天皇から従五位下を賜ったというのだから身分的にも高い。古代日本は、朝鮮半島から渡ってきた人々から、多くの文化や新しい技術をいただいている。

若光の子孫は、代々高麗神社の宮司を務めている。その住まいである高麗家住宅は、江戸時代に建てられたという。見たところ、まったく日本風の建物だ。神社には日本の要人はもちろん、韓国の大使なども参拝しているという。今でも故郷を背負っているのだと私は思う。

1955（昭和30）年、高麗村と高麗川村とが合併し、日高町ができた。名前は一般公募で決まったそうだ。「高」は高麗から取り入れられたが、「日」にはどんな意味があったのだろうか。1991（平成3）年に市になったが高麗市でも良かったのにと思う。公募は民主的なようだが、どれを選ぶかは為政者なのだから、政治的意図がまったく入っていないとは言えない。歴史はだんだん薄められていく。

はるばると来たりし高麗人《こまびと》異郷にて耕し墓建て祭りもなして

毛《も》呂《ろ》山《やま》

毛呂山町

高句麗の言葉が由来か

1939（昭和14）年、毛呂村と山根村が合併して毛呂山町に。単純で分かりやすくていい。山根はたぶん山の根、つまり山の麓《ふもと》のことだろうと推測できる。それでは、毛呂はどうなのだろうか。

毛呂は「諸《もろ》」のことで、ムラ、村の意味だといわれている。そんなことを言ったら、どこも村だったはずだ。もちろんそれを意識するかどうか、ムラという地名を付けるかどうかは、人々の意思で決まるわけだが。

他の説もある。その「ムラ」を意味する高句麗の言葉が由来ではないかというのだ。隣にある今の日高市に、古くは高句麗から来た人たちが、たくさん住んでいた。地理的には、その言葉が入ってきても不思議ではない。「MODO」と発音されていた高句麗の言葉が、「多くの」「もろもろ」という意味なのだそうだ。

日本語とは、似ているところ、通じるところがたくさんあるのだ。日本は島国で純粋に日本語ばかり、あるいは純粋な日本文化、と思いがちだが、いやいやどうしてそんなことはなく、朝鮮半島やアイヌの言葉、文化がたくさん入っているのである。

越生町との境界近くに、桂木観音がある。僧の行基が全国を巡り、この辺りに来た時、大和の葛城山に似ているというので「カツラキ」と呼んだという。武蔵嵐山でもそうだが、都への憧れのようなものがあったのだろうか。

霜月になると、この辺りは柚子《ゆず》でいっぱいになる。師走を迎え、冬至も近い。暖かい日を浴びながらのハイキングも楽しい。

人は群れ助けあいつつ暮らすものぬくみ求める韓《から》も大和《やまと》も

越《おご》生《せ》

越生町

梅の名所、難読の川も

春が近くなると、梅の便りが待ち遠しい。埼玉で梅の名所といえば、まず越生町が思い浮かぶ。

40年も前、車の免許を取って、初めてドライブに行ったのが越生の梅林だった。「父母は梅を見ておりわれひとり梅の向こうの空を見ている」なんていう歌を作ったこともあったっけ。

梅林といえば、花ばかりに眼がいってしまいがちだが、実を採るのが本来の目的。越生梅林には、いかにも朽ちかけたような古木がある。梅林ができた当初に植えられたもので、働きすぎたような姿だった。哀れな姿ではあったが、何となく、じんとくるものがある。単なる観賞用とは、どこか違う。毎年毎年たくさんの実をつけて「働いている木」という感じがするのだ。

夏に行くと、噎《む》せるような青葉の下で梅を干しているのを見ることがある。「まだ塩が涸《か》れていませんが」と言って一袋分けてくださったりして、嬉しかったものである。

さて、「越生」を初めから「オゴセ」と読める人はまずいない。近くには越辺川が流れている。「オッペ」川と読むが、これも難解だ。

越生は、尾根を越えるという意味の「オゴシ」から変わったのだろうという のが、今のところ有力な説らしい。越辺川の方は、川の合流を意味するアイヌ語に由来するとか、「布」を指す朝鮮半島の言葉からだとか、「越生の辺りを流れる川」がそのまま名前になったのだとか、さまざまな説があるが、確かなことではない。しかし、さまざまな説が考えられるところに何となく人間の温かみがある。


越辺《おっぺ》川音なく流れ梅の木はほのかに香り悠かなる時間《とき》

熊《くま》井《い》
鳩山町

戦陣の跡に平和を願う

鳩山町の熊井、亀井……。これだけ生きものの名前が入ると、なんだか動物園みたいだ。狢《むじな》とか鼠などの地名もあるから、ここも何か熊や亀にまつわるのかと思って調べた。

熊井は、「曲がった谷間」を表す「クマ」の意らしい。亀井は「神」から転じたものだとか、「川目」の転じたものだとか、いくつかの説があるようだ。

熊井には、源義経に仕えた武将・熊井太郎忠基の館跡がある。一ノ谷の戦いで名を上げた忠基は、最後まで義経を慕い、奥州までも赴いたと伝えられている。

「鳩山」は、「旗山」に由来するといわれている。南北朝時代の武蔵野合戦において新田軍は、鎌倉街道の笛吹峠に「鳥雲の陣」を敷いて足利軍に対した。「旗山」はこの時、第2陣に配された陣形の一つ。「はたやま」が後に転じて「はとやま」になったというわけだ。

１９５５（昭和30）年、亀井村と今宿村が合併した際、平和の理想郷を願って、鳩を連想する鳩山村になった。命名時に安穏を祈るのは当然のことかもしれない。

「共和」や「和戸」など、「和」の付く地名も多い。和をもって貴しとなすという精神が受け継がれているのだろう。

車で走っていると、鎌倉街道という標識があった。比較的新しく建ったもののようだ。このごろは街道めぐりがはやっているらしい。

さらに行くと笛吹峠である。山というほどのことはない丘陵のような所だが、緑が爽やかで、少し暑さを忘れるようなすがすがしさがあった。戦陣のような勇ましさはどこにもない。

いにしえの笛吹峠へ　いざなえる細き道ありそそられて行く

吉《よし》見《み》

吉見町

百穴に幻想的なヒカリゴケ

吉見といえば、真っ先に百穴を思い浮かべる。

現在わかっているのは219基だという。だいぶ前の話だが、初めて見た時は、ちょっと異様な感じを受けた。

蜂の巣のようでもあり、写真で見たトルコのカッパドキアの風景のようでもあり。怖いような雰囲気があった。

古代の横穴墓だという。見れば見るほど不思議な穴なのである。

ヒカリゴケでも有名だ。薄暗い中でほんのり光るらしい。日の光を集めて反射するのだそうだが、なにやらロマンチックだ。夜道を照らしてくれるようで、エコロジーに向いているかもしれない。

しかし、現実には自生するのが難しいらしい。気温や湿度が適さなければなかなか育たず、この横穴はその条件にあっているのだという。私はまだ見たことがないが、幻想的なのだろうと憧れている。

吉見の地名の由来は、「ヨクミユ」と言われていたものが後に「ヨシミ」になったという説がある。「横見」とも言われていた。主な道の横側に見える地域だったからというのだが、何か単純すぎる気がする。

もっとも、古い時代にはそれほど意味を持たせようとしたわけではなく、他の地域と区別するため、あるいは目印として、通称のようなものだったのかもしれない。

「横見」でも良かったが、縁起のいい名前のほうが良いというので、「吉見」になったといわれる。文字の感覚で使う言葉を変えるというのは、何となく日本的だ。

不思議なる横穴のあり暗がりはこの世かの世のさかい目あたり

御《ご》所《しょ》

吉見町

源頼朝の弟・範頼《のりより》の館跡

こんなところに（と言っては失礼だが）「御所」があるなんて、と思ってしまう。古代の遺跡として有名な吉見百穴や、黒岩横穴墓群があり古代のイメージを持っていたから。

御所といえば天皇や公家の住まいと思っていた。例えば鳩山町に「御所谷《ごしょやつ》」という所があるが、そこは後醍醐天皇の皇子宗良親王の御所跡だと伝えられている。しかし吉見の御所は公家ではなく、息障院光明寺のある辺りが、源範頼の館跡なのだという。

範頼は源頼朝の弟で、平治の乱ののち岩殿山に逃げ、ここで成長した。以降、子孫が5代にわたって居住したことから、里の人たちがこの地を御所と呼ぶようになったらしい。武家でも「御所」と呼ぶことはあるようだ。

遠江国蒲御厨《かばのみくりや》で生まれた範頼は、蒲冠者《かばのかじゃ》と呼ばれていた。北本市にある蒲桜はその由来で、根元の石塔は範頼の墓と伝えられている。

しかし岩殿山の縁起によると、兄頼朝に疎んじられてこの地にあった範頼は、寄進をしたり自ら三宝（仏法僧）を供養したりしながら、この地で亡くなったことになっている。「行年六十四歳」と、かなり具体的に記されている。もっとも、一般的には伊豆のほうで亡くなったとか、前述の北本市だとかいろいろ説があるらしいが。

御所の地名にはもう一つの説がある。ゴショは「コーショ」つまり高い所の意味だという。なるほど、この辺りはやや高い所かもしれない。洪水の心配もなさそうで、自然もあり、イチゴの産地でもあり、団地もあり、郊外型の地区としては住みやすそうな所だ。

青女房のような目つきの白猫が御所へとみちびく夕光《ゆうかげ》の径

東《ひがし》松《まつ》山《やま》

東松山市

渡来人説もある「唐子《からこ》」

東松山市は１９５４（昭和29）年、松山町、大岡村、野本村、高坂村、唐子村とが合併して誕生した。松山市にしたかったが、愛媛県の松山市と混同されないよう、東松山市になったという。そもそも、松山という地名は城の名前が元になったらしい。

それより気になるのは、唐子という地名である。私には、和服の帯の定番模様として親しんできた名前だが、どういう由来があるのだろう。

千葉県銚子市にも「唐子町」がある。唐の船が難破し、その子孫たちがそのまま居ついたという伝説が残っている。また、愛媛県今治市には「唐子山」がある。山頂付近の様子が、中国の人たちの髪形、弁髪に似ているのだという。

奈良県田原本町にも「唐古」という地名がある。邪馬台国との関連が話題となった国史跡の唐古・鍵遺跡がある所だ。大阪市に以前あった「唐居町」は、古代外国使節を迎える館があった所と伝えられている。

東松山市の「唐子」は、古代にあった鹹瀬郷《からせごう》という地名が変化したという説があるが、他にも、朝鮮半島から渡来した人たちが住んでいたからだという説や、「涸処」、つまり乾いた所という意味だという説もある。
もちろん、由来が確定しているところは無いのかもしれないが、いずれも中国や朝鮮半島にまつわる説があるのは不思議だ。日本は、島国だからといっても決して閉鎖的な国ではなかったと思う。海を隔てて遠いようだけれど、かなり多くの渡来人がいたということは言えるのではないだろうか。

唐の子も日本《にっぽん》の子もたがわずに風と土とが子らを育む

岩《いわ》　殿《どの》

東松山市

田村麻呂の竜退治伝説も

岩殿とは岩でできた御堂というような意味。確かに岩殿観音の裏手は凝灰質《ぎょうかいしつ》砂岩の山になっている。

開山は古く、718（養老2）年に沙門逸海《いっかい》が山腹の岩穴に千手観音を安置したことから始まる。傍らに草庵《そうあん》を建てて正法《しょうぼう》庵と名乗った、それが正法寺である。

ここには面白い伝説がある。

岩殿の山の中に竜が棲み、夏に雪を降らせたり、冬に雷を轟かせたり、田畑を荒らしたりと悪事のし放題。困った村人が、ちょうど通りかかった坂上田村麻呂に退治して欲しいと頼んだ。

田村麻呂は観音に祈り、いよいよ退治に乗り出そうという日、6月1日に雪が降った。田村麻呂が高台（物見山）に登って眺めると一カ所雪の積もっていない所がある。ここはかつて雪解沢《ゆきとざわ》という地名があったらしいが今の地図には出ていなかった。

その雪の無い所に竜が棲んでいると睨んで矢を放つ。するとたちまち山が荒れだし大地は揺れ、大きな竜が現れた。そしてとうとう倒すことができた。

村人は感謝を込めて、火を焚いて兵士たちに暖をとってもらい、饅頭を供したという。

岩殿観音の年中行事のなかに、「七月一日尻《しり》あぶり」と書いてあった。6月と7月の違いはあるがおそらくそうした縁起から起こった神事なのだろう。そういえば子どもの頃、門口で火を焚き、饅頭を食べるという習慣があったと高坂地区に住む友人が言っていた。

巌《いわお》なすかんのんの山石段のなかばでふうと上着を脱ぎて

嵐《らん》　山《ざん》

嵐山町

京都の「本家」そっくり

1955（昭和30）年、菅谷村と七郷村が合併して菅谷村になった。そういえば、ずっと前に歴史散歩で菅谷館跡に行ったことがある。そうだ、この辺だったと思い出した。なるほど、菅谷村にあるから菅谷館。平安時代後期～鎌倉時代初期の源氏方の武将、畠山重忠の館跡だという。

それが1967（昭和42）年の町制施行で突然、嵐山《らんざん》町になった。

東京・日比谷公園の設計に携わった林学博士の本多静六が、この地の渓谷を訪れ、京都の嵐山《あらしやま》にそっくりで武蔵の嵐山だと言ったという。それで、この辺りを武蔵嵐山というようになった。すると観光客が押し寄せるようになったというのだから、命名が重要なことは今でも同じだ。

本多博士の「命名」は1928（昭和3）年頃のことらしいので、それなら1955年の合併の時に「嵐山」となっても良かったのにと思う。しかし、当時の住民は、自分たちの暮らしてきた歴史を重んじたのではないだろうか。偉い人が言ったからといってむやみに地名まで変えたりしなかった、と私は思いたい。当時の見識がそうさせなかったと思いたい。

振り返ると、高度経済成長の頃から何となく世の中が変わってきたように思う。もちろんいつの時代も変わっているのだが、どこかに曲がり方の激しい時代があるように思う。コウノトリなど、国内で絶滅した鳥が戦後間もなくのころにはまだ見られたが、高度経済成長期以降、植物もぐんと減っている。人の考え方や見識、常識、日常感覚が、あの頃から変わり始めたのではないかと、最近つくづく考えてしまう。

ほろほろと光の跳ねる川水は力を得たるごとく奔《はし》れり

太《た》郎《ろう》丸《まる》

嵐山町

命の土地に開墾者の名

「太郎丸」という地名をめざし、車で嵐山町に向かった。武蔵嵐山病院のほかにとりたてて目印のようなものがない。一見、ありふれた農地の広がる丘陵地帯と思えた。

江戸時代の検地帳によると、1665(寛文5)年の検地の際、当時の水房村の村民だった太郎丸がこの地を案内したという。ここは村に隣接した土地で、太郎丸が開墾したということなのだろうか。後日、太郎作という人物が管理した時代もあって、時代と人物が入り組んでいる土地だ。

『武蔵国郡村誌』などを調べてみると、やはりそうらしい。彼の偉業を称えてなのかどうか、名付けの経緯は不明だが、検地の後に水房村からこの新開地が独立して彼の名が冠されたようだ。土地には歴史があるものだ。ありふれたと書いたが、この農地こそ人々にとって命そのものだったはずである。

全国各地には太郎丸、次郎丸、三郎丸などの地名がある。そうした名前がすべて人名に由来するかというと、そうでもない。「丸い丘」などという意味が込められている場所もあるようだ。

帰り道、爽やかで気持ちの良い、ゆるやかな上り坂を通った。「ゆっくり走りたい」と思うくらい、心地よい坂道だった。あっという間に笛吹峠を過ぎ、将軍沢に差し掛かった。将軍沢の名は、藤原利仁将軍の霊を祀《まつ》ったことからはじまる。平安時代の武将で、北国武士団の始祖的な人物ともいわれるが、はっきりとはわかっていないという。

飽きるほど芋粥《いもがゆ》が食べたいと言った人が、いざ粥を目の前にすると食欲が失せたという、今昔物語の説話にもあり、芥川龍之介の「芋粥」の基になった話であるが、彼はその芋粥を与えた人物とされている。

太郎作の采地《さいち》の時期《とき》も太郎丸の検地の際《とき》も大地はかがやく

玉《たま》川《がわ》

ときがわ町

「玉」から抱く神秘的印象

今は、隣村と合併して、ときがわ町となったが、玉川村という神秘的な地名があった。

「玉」といえば、まず連想するのは玉《ぎょく》、つまり宝石である。多少、好みに偏るかもしれないが、私がかってに想像するには宝石といってもアクセサリーではなく古代の祭祀《さいし》というか祭りに使われたりする呪術的な道具としての玉である。古墳からは多くの勾玉《まがたま》が出土している。

天皇のお座りになるところを玉座というではないか。浦島太郎が乙姫様から頂いたのも玉手箱という。これは喩《たと》えようもなく美しく気高いということだろう。そんな玉のイメージをいだいてしまっている私にとっては、玉川村は実に神秘的に思えた。

五明《ごみょう》という地名もある。仏教でいう学問の分類法で、声明《しょうみょう》、因明、内明、工巧明《くぎょうみょう》、医方明をいう。

地名には仏教的なものがかなりある。仏教の影響、中国の影響がいかに強いかということでもある。

そんな地名があるのだから気高い地区かと思って気になっていた。

「玉川」の地名の由来は、近くに流れていた玉壺川からとったという説、これはあまり面白くない。あるいは川が玉のように美しいからという。しかし川が玉のようにという比喩はどうなのだろう。そしてもう一つ、韮塚一三郎氏も埼玉の玉と同じではないかという。タマは、水とか淵《ふち》という意味らしい。

当てずっぽうに、玉を作っていたとか魂を連想させるかと期待していたのだが、そうではないようだった。

五明のほか明覚《みょうかく》、勝呂《すぐろ》、木呂子《きろこ》など独特の地名が八高線沿線には残っている。無理な都市化が進んでいないということなのかもしれない。

玉矛《たまほこ》の里はやまざと分け入りてきざはし登らん古社《ふるやしろ》まで

都《と》幾《き》川《がわ》

ときがわ町

「由来」が歴史のかなたへ

都幾川村といえば慈光寺。飛鳥時代に開かれた寺で、大変な勢力を持っていたらしい。源頼朝が奥州での戦いの戦勝祈願をしている。また後白河法皇の四十九日の法要に10人もの僧を参加させているという。法華経など33巻が国宝に指定されている。現在は歌人土屋文明の墓所としても知られている。

谷を挟んで反対側の山に萩日吉神社がある。かつては萩明神といっていたが慈光寺鎮護のために近江から日吉大神を勧請した。蘇我氏が創建したというのだから本当に古い。

さて、都幾川村は1955（昭和30）年明覚《みょうかく》村、平村、大椚《おおくぬぎ》村が合併してできた。その名前を見ただけでなにやらゆかしい。「明覚」とは、すばらしい悟りを意味する「妙覚」のことだという。その明覚も1889（明治22）年に合併してできた村。そのなかに「番匠《ばんじょう》」などという村もある。慈光寺を建てるとき伊豆の国の匠がそのまま住み着いた。この辺りはよい建材が取れるところ。いまでも建具会館などがあって往時が偲ばれる。

都幾川という名前の由来は、平安中期の書『倭名類聚鈔《わみょうるいじゅしょう》』に見られるのだが、かつてこの辺が「都《と》家《け》郷」と呼ばれていたことによるのではないかという説がある。

2006（平成18）年玉川村と合併して「ときがわ町」が誕生した。「都幾川」という漢字を捨てたのである。千三百年ほどの歴史を、あっさり、ほんとにあっさり捨ててしまった。音《おん》だけが残って字が変わってしまったという例はいくつもある。それでも調べれば元をたどることはできるものだ。ひらがなは便利だが、意味を消してしまう。


いく曲がり坂を登れば慈光寺の大屋根の見ゆ清々《せいせい》として

増《ます》　尾《お》

小川町

文字に香る貴人への敬意

鎌倉時代に天台宗の僧、仙覚が刊行した『万葉集注釈』。現在の万葉集研究の基礎にもなった。その奥書に「武蔵国比企郡北方麻師宇郷政所註之了」とある。この「麻師宇」が、現在の小川町増尾のことだという。仙覚は鎌倉から移り住み、続けていた研究をここで完成させたとされる。画期的な大業績だった。この地の豪族、猿尾《ましお》太郎種直の居城（陣屋）と伝えられる、やや高い台地の上に、仙覚律師遺跡の碑が立っている。

江戸初期の正保の時世に「猿尾」と改められたようだ。それを推測できる地名は残っていないと思ったが、「猿尾山」を山号に持つ寺があった。探せばどこかに片鱗があるものだ。

「増尾」と書くようになったのは１６８７（貞享４）年頃とされ、今も「マスオ」でなく「マシオ」と読む人もいるようだ。猿は古くは「ましら」といったので、音《おん》として残ったとも考えられる。

だが『埼玉県地名誌』には、丘陵である地形から起こった地名だと書いてある。「尾」は丘陵の意味。「増」は美称なので特別の意味はない。美称で呼ぶということは、敬う気持ちがあったのだろうか。豊かな地であるとか、尊敬する人が住んでいたとか。

近くに穴八幡古墳がある。『新編武蔵風土記稿』には、寛文（1661〜73）年間、坪井次右衛門が代官だった時、村人と共にこの地を開墾しようとしたところ、石室が出てきたので開墾を中止したとあった。五輪の塔と石棺があり、水晶の珠《たま》も出てきたということだ。美称の「増」には、そうした古代の貴人への敬意があったのかもしれない。

人の住む大地の下にも人在りしあかしの残るわれらの祖なる

御《み》　堂《どう》

東秩父村

「ぴっかり千両」和紙の村

全国各地で合併が相次ぎ、あれよあれよという間に古くからの地名が消えた。そして「村」も次々と無くなった。近隣の市に吸収されてしまって。かなり山奥に行っても「市」で、とてつもなく大きな市が出来上がってしまったところもある。

そんななかで埼玉県内にたった一つ残ったのが、東秩父村である。秩父の東の方にあって、古くは大河原村と槻川村だった。

大河原村は大河原氏の領地で、鎌倉時代に館を寺にした。それが浄蓮寺である。日蓮の御影を安置した所が御堂、それがそのまま地名になった。

正直に言えば鄙《ひな》びた山村くらいにしか思っていなかったが、調べてみるとかつては充実した社会があったことがわかる。男は炭焼き、女は養蚕、他には絹を織ったり紙を漉《す》いたり。紙を漉くというと古めかしい工業にも思えるが、当時としてはなかなか高度な技術。細川紙の技術を導入したというのだ。

その技術が国の無形文化財として認定され、道具類は有形民俗文化財として、東秩父村「和紙の里」に保存されている。細川紙は和歌山・高野山の麓で生産されていた。江戸に都が移ってから、武州でも生産が盛んになった。今も和紙の生産で有名な小川町を含め、この辺りには「ぴっかり千両」という言葉がある。ぴかっと晴れ上がると乾きがいいのか、和紙が高価で売れたというのである。強くて毛羽立たないので台帳や鯉幟にまで幅広く使われ、紙の生産は重要な産業だったのだ。

いまではのどかな山村で、歩いていると紙漉きの音や機織りの音が聞こえてきそうである。

2014年（平成16）、世界文化遺産に登録された。文化とは人間が肚《はら》の底から、骨の髄から作りあげたものだ。派手な流行には乗らない確かなものを守りつづけてきた人に敬意を表したい。

陽《ひ》をあびて生命《いのち》やどすか和紙の白　和紙の力のぴっかり千両

ii 秩父エリア

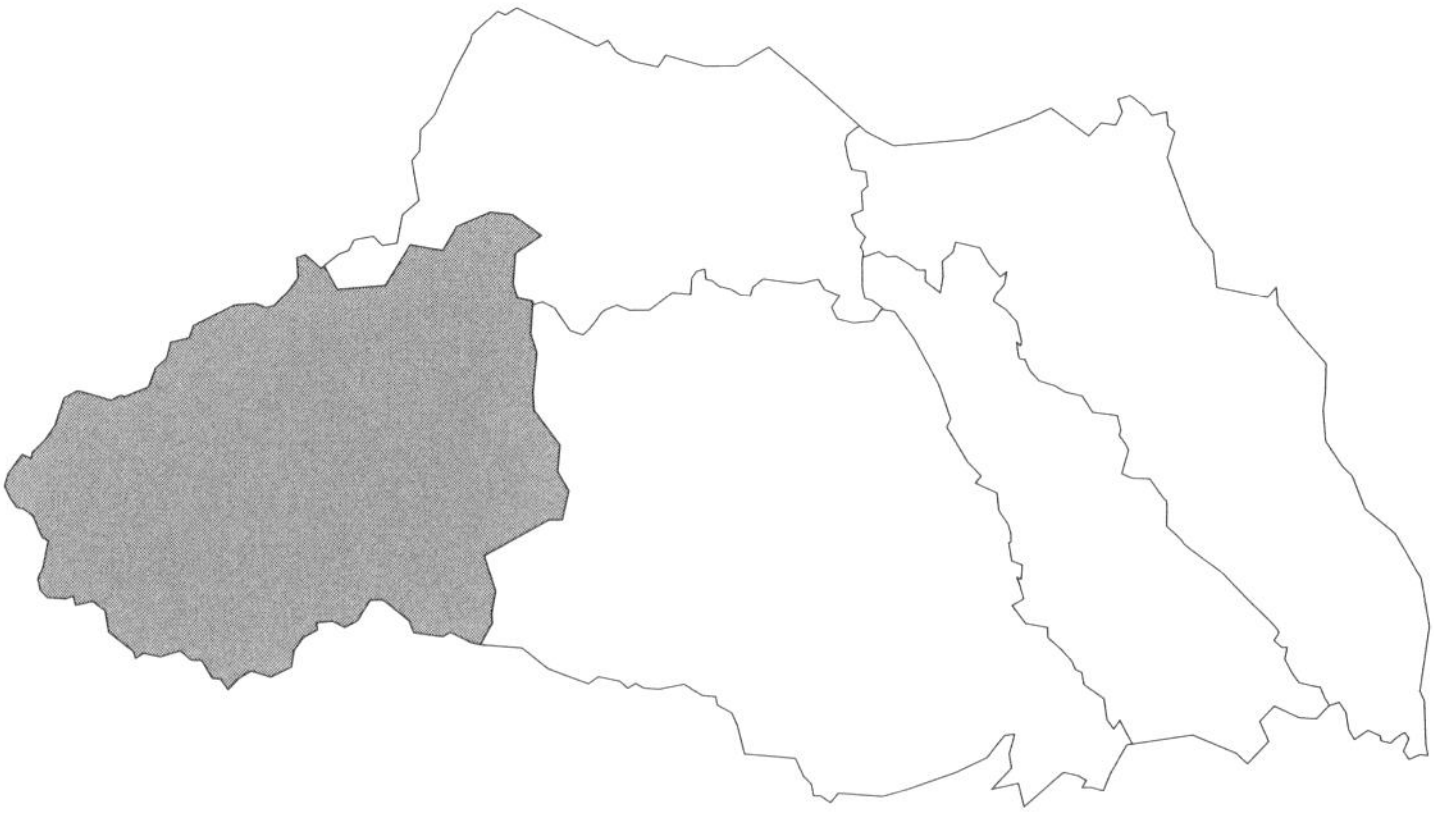

長瀞　出牛　両神　皆野町・国神

大滝　横瀬

長瀞《ながとろ》

長瀞町

歌人らも愛する景勝地

「瀞《とろ》」とは、川底が深くて流れが緩やかな場所の意味。和歌山・三重・奈良の3県の境界付近にある瀞八丁《どろはっちょう》も有名だ。

長瀞は、かつては藤谷淵と呼ばれていた。明治期に藤谷淵村が他の村と合併して野上村となり、1940(昭和15)年に野上町になった。もっとも、通称というのか、地元の人たちの間では、明治期から長瀞と呼ばれていたらしい。和歌や俳句を研究していた地元の文化人による命名だという。

その長瀞が、景勝地としてあまりにも有名になってしまい、町村合併を経て1972(昭和47)年、今の長瀞町になったということだ。

遠足で訪れる学校も結構あるのではないか。荒川に沿って続く岩畳は地質学的にも貴重なもの。舟下りやラフティングもでき、春は桜並木が見事だ。山へ向かえば、臘梅の咲く宝登山もある。人が集まらないはずがない。宮沢賢治や若山牧水、高浜虚子ら著名な詩人や歌人、俳人たちも訪れている。

長瀞町になる前の野上町についても、地名の由来に関する説がいくつかある。中には、「野神」のことだという説も。大雑把に言えば、農業の神のことを指すのだろうか。ずっと以前、琵琶湖の周辺を旅した時にも、地元の人から聞いたことがある。それぞれの村にある巨木・古木を野神として祀っているのだという。地方は違っても、野神を祀ることは共通しているのだろう。日本人にとって、農業の神様は、とても大事なものだったのだ。豊作が何よりの願いなのだから。

早春の岩の畳にすわるとき太古の風の吹きにけらずや

出牛《じゅうし》

皆野町

切支丹おもわす墓も

皆野は広い原野という意味だというが、『新編武蔵風土記稿』には「村名の起《おこ》り詳ならず」とある。この皆野に出牛という場所がある。「見馴川に牛カ淵と唱ふる所あり、古此所より牛出しと云《い》ふ」と同書は記す。

だが、異説もある。「ゼウス（神）」が転じて「デウス」、さらに「じゅうし」になったという。実は、この辺りに隠れ切支丹がいたという。秩父あたりにもキリシタン禁止令の高札があったとされ、西福寺には切支丹を想起させる墓碑もある。

出牛の辺りは宿場としてにぎやかだった。秩父から本庄、児玉方面へ通じる街道だったからだ。さまざまな文化の交流もあったのだろう。

先日訪れてみると、ひっそりとした、静かでのどかな山里だった。

皆野で生まれた友人が、「出牛には人形芝居があったような気がする」という。あまりに昔のことで、しっかりした記憶じゃないけどと言いながら。

車を走らせると「出牛浄瑠璃人形収蔵庫」なるものがあった。車を止めて見ると、人形浄瑠璃の道具が一式納めてあるという。祭りの時期ではないので見ることはできなかったが、およそ50年も途絶えていたものを1965(昭和40)年頃復活させたという。民俗芸能の貴重なことは言うまでもない。

大日本地名辞書によると、今も中世の遺構が残る小池氏館には、「郡中第一の庭」があったという。庭に百間ほどの泉水があり、正面に武甲山、東から南東に箕《み》の山を望み、石の間から飛泉がそそぎ、筧《かけい》に水を引き池に注ぐ。そんなにすごいお金持ちがいたのだ。かつての繁栄ぶりが伝わってくる。

かのデウスをデウシと言い替え秘めてこし民あり深き山間《やまあい》に住む

両《りょう》　神《かみ》

小鹿野町

神々の地を巡って爽やかに

深田久弥著『日本百名山』の一つに両神《りょうかみ》山がある。

日本武尊がイザナギとイザナミを祀ったところから名付けられ、そこから村の名前になったという説がある。また、日本武尊が東征の際にこの辺りを通り、8日間にわたってこの山が見えていたので八日見山と呼ばれ、それがいつしか両神山になったという説もある。

私には、どちらが正しいかまったく分からない。研究者ではない私には、どっちだっていいような気がする。分からないところに一種のロマンを感じるからだ。

ここに限らず、地名の由来には曖昧《あいまい》なものが多い。けれど、どれにも人々の祈りや暮らし、畏れが見え隠れする。そういうことの方が、私には親しく感じられるのだ。

「百名山」だけではなく、地元には「百名瀑《ばく》」（日本の滝百選）の一つ、丸神の滝もある。入り口から20分ほどで行かれるので大勢の人が訪れる。３段の滝で、滑るように水が落ちてくる。

この辺りの地図を見ると、何となく神を連想させる表記が残る。「大神楽」「今神」「石神」などだ。そうかと思うと「日影」「日向」など、地形に由来すると思われるものもある。そういえば山梨にも日影、日向という地名があった。いかにも山間の土地らしい。

浦和から車で往復７時間もかかった旅だった。それでもまったく疲れを感じなかった。むしろ爽やかで快かったから不思議だ。きっと神々の地を巡ってきたからだと一人で納得している。

振り返りふりかえり見る両神山ものむこうに在《おわ》すおわさず

皆野町《みなのまち》・国神《くにがみ》

秩父市・秩父

古墳の名残は銀杏の老木

秩父は深い山々に包まれている。山ばかりでなく、歴史も深い。

「知知夫国造《ちちぶのくにのみやつこ》、瑞籬朝《みずがきの》（崇神天皇）の御世に、八意思兼命《やごころおもいがねのみこと》の十世の孫知知夫彦命国造に定め賜ふ」と『国造本紀』にあるのが最古の文献らしい。

大宮と言われていた秩父神社があることから大宮郷と呼ばれ、1889（明治22）年には大宮町になった。1950（昭和25）年に市になった時、「大宮」の名を使ってもよかったと思うが、すでに大宮市（現さいたま市）があったため、避けたのだろう。

「チチブ」の語源は、たくさんの嶺がそびえているので「千千峰」と呼ばれたとか、銀杏を「チチの木」と言ったからとか、諸説ある。

皆野町国神には、知知夫彦命の古墳といわれる場所がある。古墳らしいものは見当たらなかったが、知知夫彦命と知知夫姫命の二つあるといい、それぞれに銀杏の大木が繁っている。

それも老木。ひこばえが周りを取り囲んで大木に見えるが、内部はおそらく空洞になっているのだろう。近所の方に伺《うかが》うと、「銀杏が成長して古墳を壊してしまったのだ」と言う。まるで実際に見たかのような口ぶりだったが、そうかもしれない。木が大きくなる時の勢いというものは、建造物を壊すくらいのエネルギーを十分持っているから。

知知夫彦命が祀られているのは秩父神社で、市の中心に鎮座している。しかし、「国神」という地名などから察するに、本当の中心地は、秩父郡の町として残る皆野だったのかもしれない。

秩父路は秋のまつりのまっさかり獅子も踊らん御輿《みこし》も荒れん

大《おお》滝《たき》
秩父市

前田夕暮《ゆうぐれ》が愛した山奥

村だった大滝は、２００５（平成17）年に秩父市と合併した。しかし、行ってみると、秩父と大滝は風土も空気も違う。秩父は盆地だが、大滝は山の中だ。「道の駅大滝温泉」を過ぎると、山の深さが迫ってくる。今は立派な道が出来ているが、あえて旧道を走ってみた。栃本関所跡がある。ここは秩父往還と呼ばれ、甲州へ至る主要な街道だったのだ。車1台がやっと通れるぐらいの幅で、対向車が来たらどうしようかと、はらはらしながら走った。

大きな滝があるから大滝というのかと思っていたら、そうではないようだ。荒川の源流で、大きな岩などもあって流れが激しく、川全体が滝のようだというところから命名されたとか。

支流には大血川《おおちがわ》という怖ろしい名前の川がある。平安中期、俵藤太（藤原秀郷）に敗れた平将門の妻と侍女ら99人がここまで逃れて自害し、その血で川が真っ赤に染まったと伝えられている。

こんな山奥に歌人の前田夕暮が住んでいたことがある。林業を営んでいたので小鹿野《おがの》にも住まいがあったが、戦時中、大滝に疎開をしたのである。国道からそれた所で、今は「入川《いりかわ》渓谷夕暮キャンプ場」になっている。

冬は零下15度にもなるという。当時の建物がまだ残っている。壊れかかっていて、近づくことはできないが、キャンプ場内の歌碑の辺りから眺めることができる。どんなに寒かっただろうと思う。しかし、夕暮はとても気に入っていたらしい。ここのほかにもう一つ、普寛《ふかん》神社の庭にも歌碑が立っている。夕暮がいかに奥秩父と関わりが深いかが、分かろうというものだ。

瑞々《みずみず》しき空気の入《い》りくるここちせり前頭葉にも毛細血管にも

横瀬《よこぜ》

横瀬町

「川沿い」に暮らすも

西武線で池袋から行くと、芦ケ久保《あしがくぼ》駅の辺りから急に山深くなってくる。深山という趣になってくると、いよいよ秩父が近い。

「横瀬」とは、日本武尊が東征のおり、村の中央に一筋の川が横たわっているところから名づけたといわれる。また、川沿いに人々が集まっている所という説もあり、「横」とは縦横の横ではなく、「沿う」というような意味らしい。確かに車窓から見ても斜面ばかりで、人々は川に沿って暮らしているのだと思った。

「芦ケ久保」という地名も興味をそそられる。芦ケ久保は、本来の意味は「足が窪《くぼ》」だったそうだ。ダイダラボッチ伝説は各地にあるが、この辺りにも巨人伝説がある。

大男のダイダラボッチが山を作ろうとして土を担いできたが、ここの窪地に足を取られて落としてしまった。その土のかたまりが二子山になったというわけである。近くの東秩父村には、ダイダラボッチが米を研いで粥を煮たといわれる粥新田《かゆにた》峠や、箸を刺したといわれる二本木峠がある。

横瀬町には秩父札所八番の西善寺がある。ここには見事な楓がある。樹齢600年くらいだというが、傷みもなく端正な姿で立っている。

楓を見たり歌を作ったりしながらぶらぶらと1時間ほど境内にいたら、巡礼というより、ハイキングの人たちが入れ替り立ち替り、何人も訪れていた。人気スポットなのだろう。最近は巡礼といっても、行楽気分、ハイキング気分で楽しそうだ。

大男ダイダラボッチの足跡《あしあと》を巡礼は行く一人またひとり

iii 北部エリア

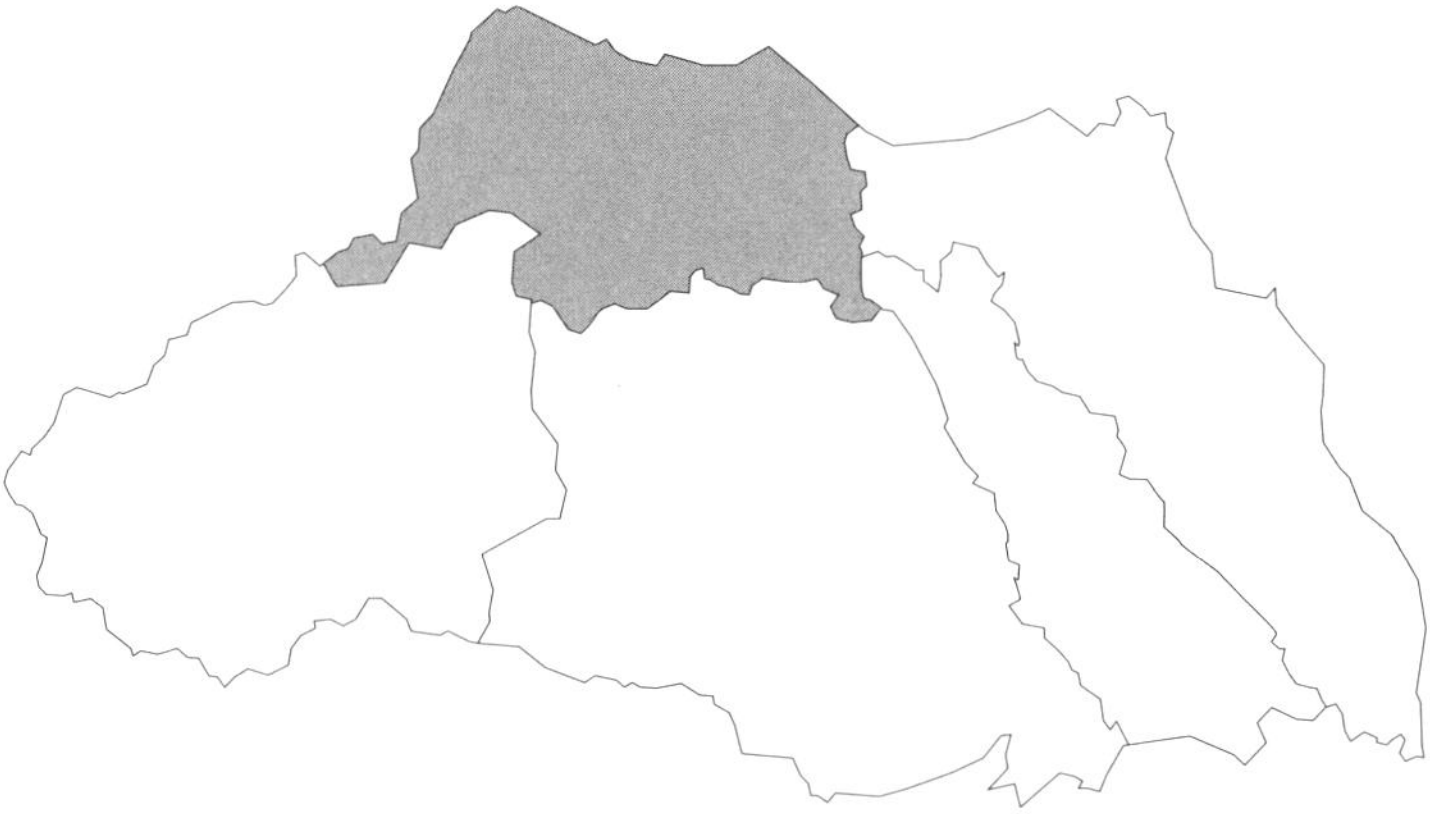

熊谷　妻沼　江南　万吉　普済寺
血洗島　鼠新田　花園　傍示堂
児玉　甀甦神社　毘沙吐　寄居
円良田　神川・神泉　阿保

熊《くま》谷《がや》

熊谷市

とにかく暑いが「水の都」

「あついぞ！熊谷」がキャッチフレーズだという熊谷市。盛夏にはまだ間があって実感できないが、とにかく暑い。その暑さを体験するためにわざわざ遠くから来る人たちがいると聞いて驚く。嫌だと思えば辛いが、発想を転換すれば楽しめる。

熊谷駅前には、源平合戦で平敦盛を討ち取ったことで有名な熊谷次郎直実の銅像がある。お膝元だから「熊谷」という地名がついたのかと思ったら逆で、地名が先らしい。

これも、いくつか説がある。例えば、かつては荒川の氾濫による湿地帯だったこともあり、「くま」は「曲」、つまり水の流れが曲がっている所で、「谷」は湿地を指しているという。

また、熊谷直実の「熊谷」の読みを『広辞苑』で引くと、「くまがい」とある。今は「くまがや」と呼ぶ地名も、「くまがい」ではないかという論争があったらしい。「かい」は「峡」で、山と山の間、要するに谷だとか。似たような意味である。

さらに、動物の熊と関係があるという説もある。直実の父の直貞が人々を悩ます大きな熊を退治したことにちなんで熊谷になったというのだが、これは伝説にすぎないらしい。

7月には「うちわ祭り」がある。かつて祭りに赤飯が配られていたが、ある年にうちわが配られたところ評判になり、それ以来うちわを配るようになったのが由来という。当時から暑かったのだろうか。

街の中を星川が流れ、遊歩道がある。その西の突き当たりにあるのが星渓園。池があり、思いのほか水の都である。

暑い熱いあついと配る渋団扇《しぶうちわ》みずから風をおこせ熊谷

妻《め》沼《ぬま》

熊谷市

「聖天さま」は変わらず

妻沼町は2005（平成17）年の合併で熊谷市になった。今でも、旧妻沼町地区には妻沼という地名が残り、また男沼《おぬま》という地名もある。

かつてこの辺りには沼が二つあり、男体様が祀られている方が男沼、女体様が祀られている方が女沼と呼ばれていたが、女沼が「目沼」に変わり、さらに妻沼に転化したといわれる。

男沼は「おどろま」とも呼ばれていたらしい。利根川がたびたび氾濫《はんらん》した地域で、「泥沼」がいつの間にか「おどろま」に変わったという説がある。確かに、泥の沼になってしまうことがあっただろうと思われる地形である。

旅をしていて時々思うのだが、川のそばで暮らす人々にとって、水を治めることがいかに大変だったかと。人と水との闘いを考えると、苦しくなる。

もう町ではなくなってしまったが、妻沼という地名は残って良かった。なぜなら、「妻沼の聖天さま」が「熊谷の聖天さま」になってしまったら興ざめだから。

その聖天さまの名称は「歓喜院《かんぎ》」という。平安時代末期の武士・斎藤別当実盛が、守り本尊としていた大聖歓喜天を祀ったことから始まると伝えられている。その後、実盛の次男である実長が、歓喜院長楽寺を建てた。

歓喜院の本殿は２０００（平成12）年から修理に入り２０１１年６月に終了した。ここには左甚五郎作といわれる「猿を救う鷲《わし》」という彫刻がある。見た目にはどのように変わったのか、見に行ってみたいと思う。２０１２年国宝に指定された。

男沼《おとこぬま》におのこ神あり女沼《おんなぬま》におみな神ありありて会わざり

江《こう》南《なん》

熊谷市

荒川の南、水との闘いも

江南町は、荒川の南に位置するので江南地方と呼ばれていたことに由来する。2007（平成19）年に合併して熊谷市になった。

字名《あざな》がなかなか面白い。その一つの「樋春《ひはる》」は、樋ノ口村と春野原村が合併したものである。「樋ノ口」は、樋の入り口という意味のようだ。地名には治水や用水、農業にかかわるものが多いことに驚く。「春野原」は「しゅんのはら」と読む。

「千代《せんだい》」というところもある。「せんだい」と読む地名としては、他にも「仙台」などがあるが、「川台」の意味があるのではないかという説がある。堤防のあるような所に見られる地名らしい。

「押切」は、川の流れが強くて押し切られた、つまり氾濫したということに由来するといわれる。今のような堅固な堤防ではなかっただろうから、何だか、とても身につまされる地名だ。

農業は自然との闘いだった。人の暮らしは自然との闘いであり、融合でもあった。この辺りは、『広辞苑』によると「河川が運搬した砕屑物《さいせつ》が堆積して河川沿いにできた平野で、高水時に水をかぶる」という氾濫原。読んだだけで、その土地を耕そうとする意欲が萎《な》えそうだ。

この付近には古墳が多い。何となくユーモラスなあの「踊る埴輪《はにわ》」が出土したのも野原古墳群である。埴輪窯跡群も見つかっており、荒川流域の古墳の埴輪を作っていた。大型のものを行田の古墳群へも送っていたといわれるのだから、けっこう「大企業」だったのかもしれない。

荒川は暴れ川にて押切《おしきり》に呑《の》み込まれたる民の思いは

万《ま》 吉《げち》

熊谷市

自然を恐れた昔日思う

「万吉」と書いて「まげち」と読む。難解な地名に属するだろう。由来は明らかではないと書いてあったが、一説に「マケチ」の転じたもので、「ケチ」は入ると良くないことが起こる処という。学術的ではないのでこういう類は当てにはならないと言われ、否定的にみられるものだが、私はけっこう好き。昔は恐れることがたくさんあった。暗い場所も怖かっただろうし、不思議なことも多かったはず。

危険な場所とか自然現象とか、科学で解明できないことが多かった時代の、何かを恐れるとか敬うとかいう気持ちが地名になっていったかもしれないと思うからだ。現在はあまりに自然を恐れなくなっているとつくづく思う。

荒川の近くでは水門を表す「樋ノ口」がそのまま地名になった。また「押切」という、決壊した箇所と見られる地名があったりする。決壊した場所と言えばマイナスイメージだが、だからこそ気をつけて暮らせよという古人のメッセージでもある。近くを流れる川との関わりがどれほど深かったか。

この辺りはかつては江南、つまり荒川の南、といわれていた所である。熊谷の郊外というより、むしろ御正《みしょう》新田のはずれと見たほうがいいのかもしれない。

御正村はかつて御正領と称していたことからいう。御正とは御庄であり、御庄とは「高家の荘園に対する尊称」という。丁寧に言われるほどの人が治めていたのだろうか。新田家の荘園という説もあるらしい。近隣に平塚新田や津田新田があり、たんに新開発した田ということではなかったのだろう。

日の当たる石段がありなにがなし奥へと誘う　なれば登らん

普《ふ》済《さい》寺《じ》

深谷市

情に厚い六弥太伝える

かつての岡部町は、合併によって深谷市の一部になってしまったが、「岡部」と言ってまず思い浮かべるのは岡部六弥太《ろくやた》だろうか。

六弥太は鎌倉時代の武士で源頼朝に与《くみ》し、平氏と戦った。一の谷の合戦で平忠度《ただのり》を討ち取ったと伝えられている。その後、忠度の死を悼んで五輪塔を建てて供養した。それが清心寺に残されている。忠度は和歌の名手でもあり「さざ波や志賀の都は荒れにしを昔ながらの山桜かな」という歌を残している風雅の人である。その人を悼むというのだから、関東の武士もなかなか情が厚い。

熊谷には熊谷次郎直実がいる。平敦盛の首を討ち、後に無常を感じてか、出家してしまう。源平の戦にはいろいろな逸話がある。

六弥太の墓は普済寺にある。普済寺とは地名でもある。もちろんその地名は寺の名からきている。

地名の由来になった普済寺は、JR岡部駅から1キロくらい東に行ったところにある。六弥太が僧栄朝を招請して創建した。六弥太の法名を普済寺殿道海大禅定門という。妻は畠山重忠の妹で、法名は玉龍院殿妙和大禅定尼。そこで両方の名をとって玉龍院普済寺というわけである。

夫や妻を祀るとか、両親の菩提を祈って建立された寺などは数多くあるが、両方の名前をとって命名された寺が他にあるのだろうか。私はあまり聞いたことがなく、何となく温かい人柄のようなものを感じた。

普済寺地区はずいぶん昔、「普済寺村」として岡部町からいったん分かれたことがある。理由は不明だが、村名をつける際に、やはり岡部六弥太にゆかりある名にしたいとの思いがあったのではないだろうか。

六弥太と妻玉の井の眠りいる夫妻の寺なり乱世を生きて

血《ち》洗《あらい》島《じま》

深谷市

争いで片腕を切られて

深谷という地名については、当然、「深い谷」からの命名だったのだろうなあと想像していた。しかし、そうではなく、湿地帯に繁茂した茅《かや》が折り重なって「伏せ茅」になり、それが「ふかや」になったという説がある。決定的にこれという確証が無いのが、地名の面白いところである。

実は、深谷市内で興味を引かれるのは「血洗島」である。

由来について、赤城山の霊が他の山霊と争って片腕を切られ、その傷口を洗ったという説や、八幡太郎義家の家来が戦いで切り落とされた片腕を洗ったという説が伝わる。もちろん言い伝えでしかないが、どちらも片腕ということでは共通している。両腕では、あまりに痛ましかったからかもしれない。

血洗島には「十六文田圃《たんぼ》」という場所があったらしい。16文も払って呑《の》んだ酒の酔いが、ここに来ると「赤城おろし」の強風で一気に醒めてしまうのだという。何とも人間くさい名前だ。

誰かが言い始めて、共感を持った人たちが広めて……という具合に、通称がやがて地名になったりするものだ。

この血洗島が、近代日本の経済界のリーダー・渋沢栄一の生地。生家や記念館など、市内にはゆかりの建物が残っている。最近、功績が再び見直されたりしている。JR深谷駅は、立派な煉瓦《れんが》造りの建物。渋沢は煉瓦製造にも力を尽くした。東京駅など、煉瓦造りの建築物は画期的な近代化の一つだったのだ。

かなしやな深傷《ふかで》負いたる山霊《さんれい》の切られし腕も洗う片手も

鼠《ねずみ》新《しん》田《でん》

深谷市

かろうじて残った「鼠」

『新編武蔵風土記稿』によると、かつて元上野台村から分かれて鼠新田村ができたという。深谷市にこの地名は残っていないだろうかと期待したが、その歴史が途絶えるのは思いのほか早かったようだ。『武蔵国郡村誌』では、1872（明治5）年に上野台村に併合されたとある。

人間に身近な動物であるネズミ。調べてみると、全国各地に鼠のつく地名がある。松尾芭蕉の『奥の細道』にも出てくる山形県の鼠ケ関《ねずがせき》、秋田県には鼠田《ねずみた》、岐阜県には鼠餅《ねずもち》があり、やはり米に関係するのだろうか。富山県には鼠谷と書いて「よめだに」と読ませる所も。なんだか民話の「鼠の嫁入り」を思わせる。埼玉県内でも熊谷に鼠塚裏《ねずみづかうら》、鼠塚耕地《ねずみづかこうち》という小字《こあざ》がある。

だが、地名の鼠の由来は、動物のネズミと必ずしも関係ないらしい。『埼玉県地名誌』によると、台を意味する「ネ」と「住み」をつなげたという。台地に住む人間を表現した文字なのかもしれない。

深谷にもひょっとしたら、鼠新田の名残を偲ばせる地名があるかもしれないと思い、手元の地図をじっと見ていたら、あった。小さく「鼠」と。さらに「根住《ねずみ》」というバス停まで記されていた。

「鼠新田」はなかったが、辛うじて「鼠」は残った。

近くには鼠自治会館まである。現代では嫌われ者の動物をイメージさせる地名だが、その土地に住む人たちはそのまま使っているらしい。

この辺りも宅地化がすすみ、外から多くの人たちが移り住んできたようだ。街の姿は変わろうとも、土地の歴史が垣間見える地名が残っているのは、ありがたいと思う。

新しき田の拓かれて月白し今宵あたりは鼠の婿取り

花《はな》園《ぞの》

深谷市

名前と合わぬ山の風景

関越自動車道を通るとき、花園インターチェンジと嵐山パーキングエリアの辺りでつい口ずさんでしまうのが、「♪花も嵐も踏み越えて」の一節。どんな曲かもあまり知らないのに。それともう一つ思い出すのが子どもの頃に読んだバーネットの『秘密の花園』である。私にとって、初めての読書体験だったような気がする。挿絵の女の子と同じヘアスタイルにしたのを憶《おぼ》えている。

「花園」という言葉の響きは何か西欧的で少女が憧れるにはぴったりだった。しかし埼玉県のここ花園はなぜか何の特色も無い山の風景だ。なぜこんなところを花園というのだろうかと以前から不思議に思っていた。深谷市と合併し、花園町の地名はなくなってしまった。

地名の語源などを書いた本を見てみると、「園」というのは主要な作物ではないものを栽培していた場所のことだという。つまりは米や麦などではなく、野菜や果実、梅などのことを指すらしい。梅などは主たる食物ではないといっても、梅干しに加工されるなど、日本人にとっては重要な作物である。また茶、漆、楮《こうぞ》なども含まれる。

花も栽培されることがあったかもしれないが、だとすれば今のように飾りというより神仏に供えるための花ではなかったかと、私は推測している。ただ、地名の「花」はフラワーのことではなく、「端《はな》」「岬」「台地」といった地形語だとする説がある。

昔は花園の里と呼ばれていたらしく、この辺りには花園城があった。典型的な山城だという。平安時代末期に築城されたというから、その歴史はかなり古いことになる。

花園は花も実もあるゆたかさに旬を売ります野菜・花・種

傍《ぼう》示《じ》堂《どう》

本庄市

土地の境界を示す

『新編武蔵風土記稿』に「中山道の往還かかりて、村の中ほどより佐渡越後、及《および》上野国沼田厩橋辺への脇往来分る辺に、昔仏堂を立て、往還の傍示となせし……」とある。傍示とは立て札で国境であることを示したもの。調べたら傍示峠（大阪府交野市）、傍示天満神社（奈良県生駒市）など各地にある。どの地方でも土地の境などの地名として決められたものなのだろう。

歌川広重の東海道五十三次の沼津あたりの絵にも傍示杭が描かれている。もちろん本庄の傍示堂にはそんな杭は残っていないが。

傍示堂は本来お堂があったのではなくボウジド、ドは処《ところ》のことで、つまり傍示杭を立てた処、という意味だったのが後に堂になっていったというのが柳田國男の説である。

私にはどれが正しいのかは分からないが、こうした歴史をもった地名だということだけは確かだ。変遷はあっても命名の理由はあるのだ。

本庄市には久々宇《くぐう》という所もある。利根川を臨む辺りである。クグイという鳥の名前からきているのではないかという。クグイは白鳥の古い呼び名である。この辺りに白鳥が飛来したであろうことは想像に難くない。おそらく鳴き声からの連想だろう。くくうーと今にも鳴き出しそうな地名だ。五十子《いかっこ》という変わった地名もある。子どもが生まれて五十日目にあたる日の祝いのことだ。

「五十子」とは人名などにもあり、いかっこ、いかこ、いそこ、いらこなど読み方が少しずつ違う。ここでは「いかっこ」と読む。関東管領上杉房顕が古河公方との戦いの際に陣を敷いたところである。

高々と掲げて杭の指し示す「従是北《これよりきた》」は風強き国

児玉《こだま》①

本庄市

盲目の国学者をしのぶ

本庄児玉というインターチェンジがあるので、見当をつけて地図を眺めたが、児玉町は無くなっていた。２００６（平成18）年に本庄市と合併したからだ。律義というのか、明治、昭和、平成の大合併のたびに合併を重ねてきた。幸い児玉という名は残った。「本庄市児玉町八幡山」というように。うっかりすると「本庄市八幡山」になっていたかもしれない。武蔵七党の一つ・児玉党の在所だった。

八幡山には雉岡《きじおか》城跡があり、江戸時代の国学者・塙保己一《はなわほきいち》の記念館がある。7歳で失明し、目が不自由ながら志を立てて江戸に出た。賀茂真淵の門人になって国学を学び、『群書類従』を完成させたことで有名だ。

生家も旧町内に残っていて、国の文化財になっている。典型的な養蚕農家の造りだそうだ。この辺りは、かつて養蚕が盛んだった。「コダマ」は「蚕玉《こだま》」だという説もある。

「コダマ」については、銀銅を産出し、砕銀が「小玉」と言われたからではないかという説もある。鋳物を生業とする家が多かったともいう。

また、「コダマ」は「木霊」で、林業関係の人たちが樹神を祀ったのではないかともいわれる。

さまざまな説があり、どれが本当か私には分からない。現時点でははっきりしないのかもしれないが、調べていけばきっと、その由来に行き着くはずだと思う。

近くに「骨波田《こつぱた》の藤」として有名な長泉寺がある。「骨波田」も地名だったが、かなり前に消えてしまったらしい。同時に由来も消えたが、見事な藤があったおかげで、通称として辛うじて残った。

目を閉じて見える世界の深からん塙保己一唇《くち》の辺《べ》の笑み

児《こ》玉《だま》②

本庄市

文書から見えてくる営み

かつての児玉町は本庄市になってしまったが、「本庄市児玉町」の形で残った。また、八高線には「児玉駅」、関越自動車道のインターチェンジには「本庄児玉」があり、まだまだ健在という感じがする。

武蔵七党の一つ、児玉党が名をはせていたこともあり、地元の人たちも児玉の地名を大事に思っていたのかもしれない。

児玉の地名の由来は諸説あるようだが、どうやら「蚕玉《こだま》」が有力らしい。なるほど、この辺りはかつて養蚕が盛んだった。このほか「谺《こだま》」からきているという説もある。木魂《こだま》、つまり木の精を祀《まつ》ったという。『倭名鈔《わみょうしょう》』には「古太万」とも記されている。

『武蔵国郡村誌』を読んでいると、しっかりと国の管理下にあったのがわかる。吉田林を例にあげると、「税地　田四十七町七反二畝《せ》十一歩、畑四十町四反七畝七歩、宅地四町一反八畝歩」「人口　男百六十四口平民、女百三十一口平民」などと実に細かい。「牛馬　牝馬《ひんば》三十二頭」「荷車一両」というようなことも。

学校はなく、隣村の蛭川学校に通っており、生徒は男児五人。この時点で女児はいない。役場の事務所を戸長峯岸啓作宅に置くということも書いてある。養蚕関連の記録が峯岸家文書に残り、「明治九年、繭七百六十五斤、生糸三十四斤、絹五十疋《ひき》、太織り百二十疋」とある。寺は西養寺、神社は日枝社。これらは今も健在だ。人がいて、日々の営みがあり、信仰の場がある。

今はのどかで平凡な農村風景が広がっているのだが、こうした記録によって、ここで生きて来た人たちの暮らしぶりが何となく見えてくる。

畑つ物　田のもの　蚕　日々《にちにち》を働き勤《いそ》しみ税を納めき

甀《み》甐《か》神社

美里町

難読の社に歴史と風格

「甀甐神社」。美里町で車を走らせていたらこんな文字が目に入った。「何と読むのだろう」と気になって、車を寄せた。「みか」と読む。あとで地図を見たらひらがなで記されていた。めったに見られない文字である。

神社に掲げられた案内板によると「甀甐」は、酒を造るために用いる大きな甕《かめ》らしい。「御《ご》神宝とされていたと思われる土師器《はじき》のミカが四個保存されている」とも書いてある。むろん、本殿を覗いてもあるはずがない。どこかにしまってあるのだろうが、宝物殿などはなかった。

それでもかなり立派な神社である。江戸時代、1723（享保8）年に、正一位が授けられたというのだから由緒も正しい。本殿・拝殿は当然のことながら、境内も清められていて氏子の方たちがしっかりと守っているに違いないと思われた。

以前は秋祭りに新米でどぶろくが2瓶造られ、参拝の人たちに分けられていたという。今は振る舞われていないのだろうか。

裏へ回ってみると、字のかすれた古い標識が立っていた。よく見ると「旧那珂郡総鎮守／延喜式内旧県社　瓺𦼆神社」と書いてある。

瓺𦼆神社のある「広木」は、『倭名鈔』にある「那珂郡弘紀郷」の遺称地ということだ。

道を挟んだ向こうには広々とした田園風景が広がっていて、灌漑《かんがい》用水池があった。摩訶池《まかいけ》という。かつてはもっと広大だったようだ。

近くには広木大町古墳群があると後でわかったが、見ずに過ぎてしまった。6世紀後半頃に100基前後の古墳があったというのだから、歴史の古い土地なのだ。

にごり酒おおきな甕にかもしつつやまとの祖《おや》のこころ祝いは

毘《び》沙《しゃ》吐《ど》

上里町

川が氾濫し村落の移転も

女性としては国内初の飛行機操縦士で、1976(昭和51)年にNHKで放映されたドラマ「雲のじゅうたん」のモデルにもなったという西崎キク。その生誕地が、現在の上里町七本木だ。七本木という地名は、7本の古木・大木があったからという単純な由来らしい。

もう一つ気になったのが、町内の石神社《せき》だ。JR高崎線の神保原駅から歩いて10分ほど。小さいながら、なかなか厳かな神社だった。爽やかな風が吹くと、色づいた落葉と鳥の声がいっしょに降ってくる。かつて新田義貞が鎌倉幕府を攻める際に戦勝祈願をしたとして、「勝乃森」とも呼ばれる。

近くの烏川から引き上げられた石棒が祀られているという。石棒と聞くと素朴な感じもするが、縄文時代の遺物ででもあるのだろうか。古代には石に対する信仰もあったらしい。石は神の依代だとか神そのものだとか、考え方はいろいろあるが、石を神聖なものとして崇《あが》めていたのだろう。「日本総社石神社」

とも呼ばれ、各地の石神社の総元締めのようなものとされたこともあった。

近くに「毘沙吐」という地名があった。これは「歩射《びしゃ》」と「処《と》」の転化ではないかといわれる。歩射とは、悪魔をはらって豊作を祈るという正月の神事。

江戸時代に烏川と神流川《かんながわ》が2度にわたって氾濫し、地元の村落は全て対岸に移ったという。

石神社と烏川の間を流れるのが忍保川。明治期に周辺の石神社、忍保村、八町河原村が合併し、一字ずつ取って神保原村になったという。

風吹けば枯葉と鳥の声が降る石《せき》神社境内人のかげなく

寄《より》　居《い》

寄居町

のどかな城跡に戦の歴史

寄居町は寒いところだという印象がある。あるとき間違えて電車を降りてしまったことがあった。春だというのに霙《みぞれ》が降ってきて、やっと探して温かいものを食べたという記憶がある。今回行ってみたらそんなことはなく、町もさっぱりしていた。

私の記憶が曖昧で、曖昧になるほど遠い昔のことなのである。

寄居でぜひ行ってみたいのは、鉢形城跡である。今は公園になっていて散歩にいいような所だが、やはり戦の歴史がある。戦国時代の城郭として残っている貴重な資料だというので、国の史跡となっている。今はのどかだが、ここでも戦があったのかと思うと、穏やかとばかりは言えなくなる。豊臣秀吉の小田原攻めで、北条氏が支配する鉢形城も明け渡されたという。

「寄居」の名は、その戦の後、甲州の侍や小田原の浪士が寄り集まって住んでいたからだと、『新編武蔵風土記稿』に書かれている。しかし、その直前の部分では「上杉衰へ北条盛なるに及て、氏康の三男を養子とせり、此頃は今の鉢形町はさらなり、当所も城下町にて賑ふ地なりし由、当時の地名は定かならず……」とある。前の地名は分からないけれど、などという辺りは、かなり曖昧である。

「寄居」とは、中世の城郭の周辺のことだという説もある。埼玉の地名に関する文献によれば、城下のことや、領主の下に農民たちが集まった集落のことだともいう。

調べた学者や歴史家によって、微妙に定まらないのが地名の由来だ。そこにこそ人の歴史がある。

戦国の世ははるかなり長閑《のどか》にも春の日あびる土も樹木も

円良田《つぶらだ》

寄居町

山から見ると丸いのか

4月頃には桜の名所、そして釣り人の人気スポット円良田湖。

この辺りの地名は円良田という。つぶらな田、つまり丸い形の田ということらしい。山間の地形で、四角い形にはならなかったのだろう。いま見てもとりたてて丸いという印象はないのだが周りの山からはそう見えるのだろうか。

「つぶら」といえば「円《つぶ》らな瞳」というような言葉が浮かぶから、円良田湖とは何となく可愛いらしい印象を持つ。四季折々、のどかな風景だが、灌漑《かんがい》の貯水池として農業にはなくてはならないものなのである。

近くにはなかなか面白い地名がある。例えばみかんの北限といわれていた「風布《ふうぷ》」。アイヌ語の「プ」は山とか倉という意味であり、風の山のことだという説もある。またこの地方は冬でも風があまり吹かず低地より高地の方が暖かいという盆地的気象で、白い布を流したように靄《もや》がかかって見えることからだという説もある。

波久礼《はぐれ》という変わった名前もある。地名辞典を調べてみても載っていなかった。秩父鉄道の駅名にはあるが、地名ではなく、通称なのだという。荒川に沿った崖で「破崩《はくずれ》」が語源らしい。やはり厳しい地形ではあるのだろう。

山間にはこうした危険を示す地名が多いものだ。

末野という地名も語源がはっきりしないらしい。須恵器のことで陶器を作っていたところだという説。地形として荒川の扇状地の末を意味するという説もある。

地名の多くは地形からくるもの、産物や伝説、歴史からくるものなどさまざまである。

山間《やまあい》のつぶらなる田を耕して人は生き来《こ》し子に繋《つな》ぎつつ

神川《かみかわ》・神泉《かみいずみ》

神川町

神代の時代を思い起こす

2006（平成18）年、神川町と神泉村が合併して、新しい神川町になった。とは言うものの、私には、その区別がよく分かっていなかった。

群馬県との境を神流川《かんな》が流れている。神という字が使われているので、何となく神聖な感じがしていた。日本武尊が妻の形見として持っていた髪を神社に祀ったが、洪水で流されてしまったため、「髪流川」と名付けられたという。「かみ長川」「加美の川」とも表記されていたらしい。そんなところから、「神川」という村が生まれたという。

一方、「神泉」は、地元に「神山」と呼ばれる山があり、上流には「若泉の庄」と呼ばれる地域があったため、「神」と「泉」を合わせて村の名前にしたという。

隣接する群馬県側には「鬼石《おにし》」という地名もあり、何となく神代の時代を思い起こさせる。

神川町には金鑽《かなさな》神社がある。「金佐奈神社」とも称されたが、「かなさな」は、砂鉄を意味すると言われる。神流川の周辺で砂鉄が取れたのだろうか。古代の世では鉄は貴重で、当時のハイテク製品になったわけである。隣の旧児玉町（本庄市）には、金屋《かなや》という地名もある。鋳物師が多い所だったらしい。さしずめ現代的に言えば、一大工業団地のような地域だったのかもしれない。

金鑽神社では、思いがけず古式ゆかしい結婚式に出会った。神社の厳かな雰囲気を好ましく思う若い人たちもいるのだろう。

ひんやりと風は流れて金鑽の背後《うしろ》の杜ぞ神のふところ

阿保《あぼ》

神川町

武蔵七党「安保」氏の拠点

「阿保」という地名。決して「阿呆《あほ》」と書き間違ってはいけない。

神川町を流れる神流川に面した地域。阿保は、崖の意味を表した「アボ」から派生したらしい。武蔵七党の丹党の安保氏の拠点だった。かつては丹荘《たんしょう》という地名もあったようだが、今は駅や学校の名前として残っているだけ。

『武蔵国郡村誌』によると、1604（慶長9）年頃は丹庄阿保郷阿保領に属し、安保村だった。その頃分村したのか、郡内に安保というところがあって紛らわしいため元阿保村と称するようになったと伝わる。

丹党の安保氏はこの郷から出たことで名乗ったとあるのに地名は阿保で、少しややこしい。神川町史には「その意味からすれば『本安保』と書くことができよう」と記されている。町史を作った人も、そのあたりが気になったに違いない。

『新編武蔵風土記稿』でも、「『東鑑』には「安保刑部丞實光」とあるのに、

『承久記』には「阿保實光」と記してある」といった具合に、やはり表記の文字にこだわっている。

どう書き表すのがよいか、私にはわからないが、こうした表記の問題はままあるものである。

この地域には安保氏の居城跡や、安保氏が建てたと伝えられている大恩寺の跡がある。周辺には「馬場」「馬出《うまだ》し」という地名もかつてはあったといい、人々が暮らしていた様子がうかがい知れる。

館跡といわれる辺りには阿保神社がある。世の中の移り変わりを見つめてきたような欅の大木が立っている。きっと屋敷も大きく、かなりの勢力を誇っていたのだろうと想像がふくらむ。

両部鳥居くぐれば静かたたずみて注連《しめ》の内なる風に吹かるる

ⅳ 東部エリア

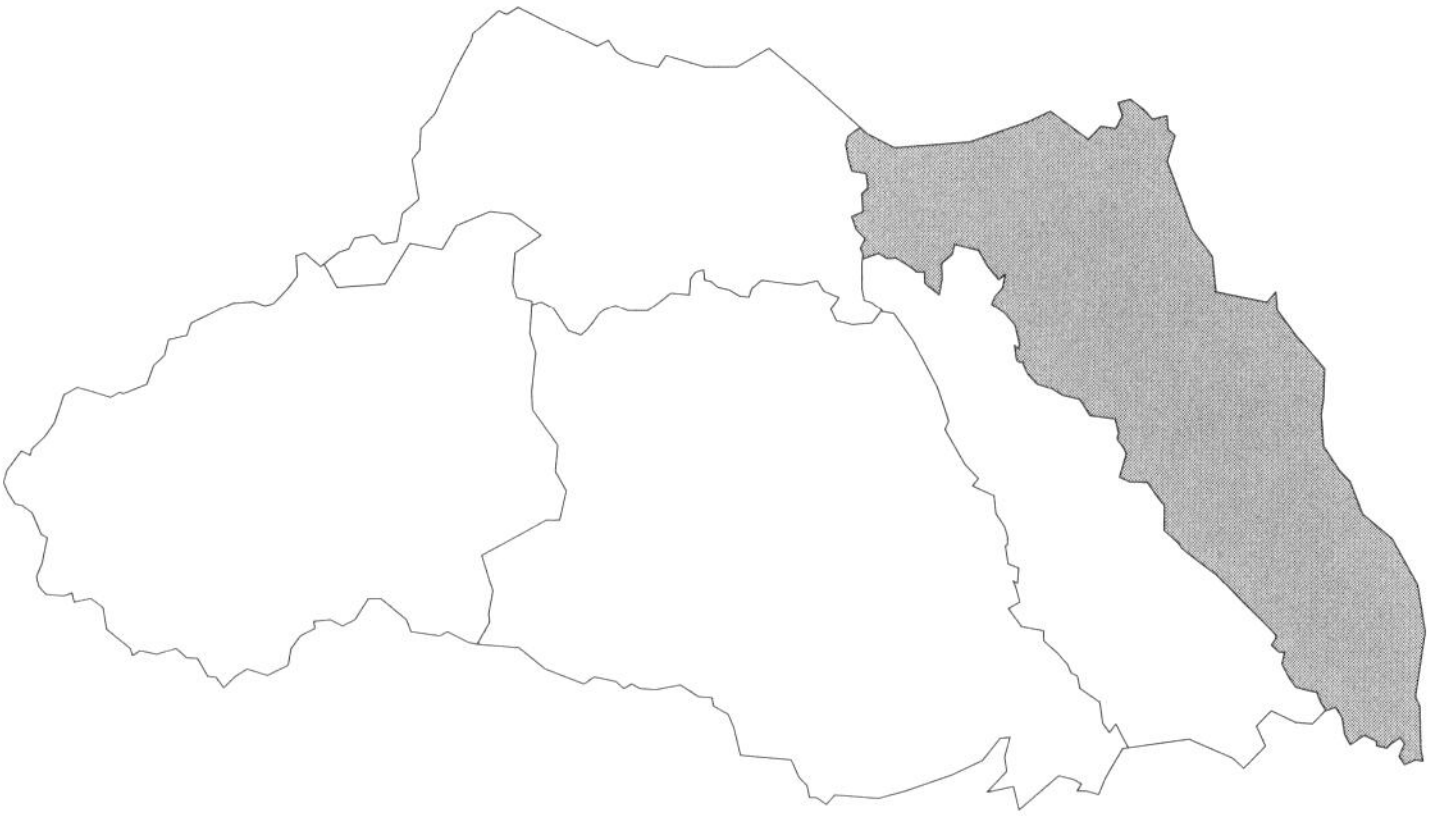

行田　北河原・南河原　加須　騎西
羽生　六万部　菖蒲　鷲宮　栗橋
幸手　杉戸　宮代　千駄野　蓮田
春日部　牛島　庄和　越巻　草加
松伏　八潮　垳　三郷

行《ぎょう》田《だ》

行田市

水豊かな忍藩の城下町

忍《おし》藩の城下町・行田。明治の頃は行田町だったり忍町だったりして、行田と忍の二つの地名が入り交じっていた。忍は古くからの名前として親しまれていたが、市制を施行した時、「オシシ」というのも何となく響きが悪く、全国的にも「行田の足袋」が有名になっていたということもあり、行田市になったとか。

忍城の周りは水が豊かで、忍という地名は水鳥の鴛鴦《おしどり》に由来するという説がある。また、この辺りはかつて海岸で、磯辺の方言として「オシベ」と言われていたのが「オシ」になったのだという説もある。

また、行田は「ナリタ」とも読まれ、戦国時代にこの辺りを支配して忍城の主にもなった成田氏と関係があるといわれる。

『行田市史』の忍城築造に関する記述を読むと、川をうまく利用している。近くには深田もあったらしい。板に乗って田植えをしたという記録もある。

忍城が有名になったのは、石田三成の水攻め（1590・天正18年）に遭っても落ちなかったということである。いかにも水の上に浮いているように見えたということだが、もともと地形がそういう形になっていたのだろう。

野村萬斎主演で映画化されて評判になっている「のぼうの城」とは、この忍城のことである。たかが田舎のぼんくら城代程度と三成に侮られていたのだろう。ところが坂東武者はそう簡単には音をあげない。痛快な戦記ものである。全国的なベストセラー小説にもなったが、特に関東の住人にとっては、たまらなく魅力的なのである。

雲を映し水鳥浮かべ風を遣《や》り人をも攻める水というもの

北《きた》河原《かわら》・南《みなみ》河原《かわら》

行田市

所領分けた兄弟がルーツ

1889（明治22）年は、明治政府のさまざまな近代化があった年。大日本帝国憲法発布の年でもある。この年は大幅な市町村合併も行われた。明治の大合併と言われている。

1956（昭和31）年頃から1961（同36）年頃までの合併を昭和の大合併、そして1999（平成11）年頃のものを平成の大合併という。一見、本質的な問題ではないようにも感じるが、決して軽んじていいことではないと考える。

行田市と熊谷市の間に挟まれて南河原村と北河原村があった。

かつてこの辺りは河原氏の所領で兄が南河原を、そして弟が北河原を所領していた。

河原と聞けば、当然、川の畔《ほとり》という意味だろうと思う。利根川が流れているし、南には星川もある。しかし柳田國男によれば「川荒れ」から来ているのだという。また小字にある「酒巻」は「逆巻き」のことで、水が逆巻くことだという。いずれにしても流れの速い川の近くをイメージさせる。

「南」は、水田が畑の面積の倍に近いという。「北」の方が利根川に近いのだからそれ以上の比率だったろう。見沼代用水、北河原用水、酒巻導水路などが縦横に配置される。

昭和の大合併で北河原は早々と行田市に編入された。南河原は2006（平成18）年になってようやく合併した。

兄弟をルーツとする二つの村が、七百年、八百年という歴史の中で、それぞれの道を歩むのは当然だとしても、住民には複雑な思いもあっただろう。歴史の表には出てきにくいことの一つであるが。

北河原南河原と用水をめぐらし暮らす兄弟の末裔《すえ》

加《か》須《ぞ》

加須市

耕作の暮らしに思い馳せ

かつては新田加増の意味で「加増」と書かれ、元禄（江戸時代）の頃、「加須」になったと言われる。この度の合併でも、この名は辛うじて残った。

地図を見ると「不動岡」という名がある。昔、利根川が氾濫した時、会《あい》の川に流れ着いた不動尊を安置したのが由来という。他にも語源を探りたくなるような地名がいろいろある。「礼羽《らいは》」は『吾妻鏡』に出てくる礼羽氏の領地だったとか。「水深《みずぶか》」は、いかにも水辺や湿地帯を思わせる。

「樋遣川《ひやりかわ》」という地名もある。利根川から、大きな樋《ひ》を造って用水を引いたことに由来するらしい。

こうした地名を見ると、人々がどのように暮らしてきたかが思われる。暮らしの歴史であり、地名に託した先人たちの思いは深い。村々の記録も人々の希望も、地名に潜んでいる。それを受け継ぐのも後世の人間の務めではないだろうか。

加須は鯉幟《こいのぼり》の産地。かつては、男の子が生まれると必ず鯉幟を立てたものだ。跡継ぎが出来たことを、近隣に誇っているようにも見えた。

子どもの頃住んでいた茨城県古河市に、手描きの鯉幟屋があった。平べったい刷毛《はけ》を手首でぐるりと廻して鱗《うろこ》を描いていた。その手際が見事で毎日作業を見に行ったものだ。今ではもう手描きの鯉幟は高価なものになってしまった。

加須では大きな鯉幟を揚げる催しがある。口の方から徐々に吊り上げていくと、体に風が入り、少しずつ膨らみながら空へ向かってゆく。腹の方まで空気が入ってくると、まさに鯉の滝登り。「世に出る志」を見る。

新田を増やし加えて水を遣り穀物を生む人の暮らしは

騎《き》西《さい》

加須市

玉敷神社で歌の上達願う

騎西は、后《きさき》という言葉に由来するらしい。大和時代の天皇の后の所有地があり、『日本書紀』にある「私部《きさいちべ》」のことではないかということだ。そこで開かれた市を私市《きさいち》といい、騎西城を「私市《きさい》城」ともいう。当時のものは土塁だけが一部残っている。

騎西といえば玉敷神社が有名だ。藤の古木でその名が知られている。以前行った時、大勢の人で賑わっていたのを思い出す。

同じ境内ではあるが、藤の木のある賑やかな広場から少しそれて本殿の方に向かうと、空気は一変して厳かな雰囲気になる。

さすが、平安時代の『延喜式　神名帳《えんぎしききじんみょうちょう》』に記された由緒ある神社である。いただいた資料には、詩歌、医道、豊作、商売繁盛の神様と書いてあったので、さっそくお参りした。さて、歌は上達するだろうか。

裏に回ると、小さな池のような濠《ほり》があり、その向こうに弁天社がある。そこへ渡るための、畳一枚ほどの石橋が架かっている。箱式石棺の底板だという。そんなところを靴で歩いてしまっていいのか、畏《おそ》れ多いとも思いつつ、この辺りにも古墳が多かったのだなあと思いながら渡った。

「玉敷」という名前の由来はわからなかったが、勾玉《まがたま》とか、玉に関係があるのだろうか。

騎西町は2010(平成22)年3月に合併して加須市となったが、種足《たなだれ》や牛重《うしがさね》、正能《しょうのう》、芋茎《いもくき》など面白い地名が残る。由来のはっきりしないものもあるが、地元の人々が何を思い、どういう意図で命名したか、思い巡らすだけで楽しい。

宮奥の濠《ほり》渡らんに石棺の底の板とぞ足すくみたり

羽《は》生《にゅう》

羽生市

開拓の歴史に思い馳せて

難解な地名を挙げれば必ず挙がって来るだろう。「はにゅう」と読む。将棋の羽生名人は「はぶ」と読む。「はにゅうの宿もわが宿……」という歌は、埴生。粗末な家という意味。

羽生も、本来は埴生であり、「埴」は粘土とか赤土のこと、「生」は物を産する所という意味があるらしい。したがって赤土や粘土を産する所というような意味だろうか。

むろん古墳もあるし、人面をかたどった土面が出土した発戸《はっと》遺跡もある。隣の行田市にはさきたま古墳群があるが、羽生にもまだ古墳が埋もれている可能性があるという。しかし、市内に埴輪《はにわ》の窯跡は見つかっていない。

地図を見ていたら手子林《てこばやし》という地名があった。テコは、雇用労働の制度をあらわすタコ（田子）からきているという。開墾するには人々の協力が要る。雇用も重要だ。それが村の名前になった。残された地名から当時の人がどのようにして開拓し、暮らしていたかが推測できる。私たちはもう少し先人に思いを馳《は》せてもいいのではないか。

また神戸《ごうど》という字名《あざな》も見える。ゴウドは川処、川渡であり、交通の要衝のことだという。小さな地名でも、こんなに意味があったのである。

宝蔵寺沼にはムジナモが自生している。ムジナモは根が無く水面に浮かび、葉の一部を変化させて虫を捕る食虫植物。1属1種の珍しい植物で国の天然記念物として保護されている。素人目には何の変哲もないような藻でも希少価値がある。古い地名も、天然記念物にでもして保護してくれないかなあ。

地の底にねむる埴土古代《はにつちいにしえ》のままに黙して深々とある

六《ろく》万《まん》部《ぶ》

久喜市

「多くの供養塔」文書の謎

久喜という地名は「茎」からきているらしく、そこから燃料の材料を調達する所であったとか、あるいは自然堤防の意味だとかいわれている。

その久喜市には六万部《ろくまんぶ》という町名がある。『新編武蔵風土記稿』には「六萬部村は江戸より行程十三里半、（略）村名の起こり古《いにし》へ當所《とうしょ》に法華塚ありて、六萬部の供養塔ありしをもてかく名付しと云《いい》」と書いてある。

とはいえ、そんなに多くの供養塔をいつ、誰が、どんな理由で立てたかとなると皆目分からない。調べてみたがどうしても分からなかった。よほど昔のことなのだろう。

六万部とは、例えば秩父の札所四万部寺《しまぶじ》とか、百万遍とか、四《し》万六千日などと似ている。四万六千日は、この日にお参りすれば4万6千日分お参りしたことになるというちょっと手抜きの信仰。念仏を百万回唱える百万遍念仏は、それにちなんだ京都大学近くの交差点の名前でも知られる。秩父札所の四万部寺は経典4万部を収めた経塚があるという。

久喜の六万部も同じような由来があったのだろうか。

また「青毛《あおげ》」という地区がある。「青毛取り」という言葉があるそうだが、特に小作料を取り立てるために、地主が早めに刈ってしまうことを指していたようだ。

インターネットを見ていたら、この青毛の読み方は、本来「おうげ」だったものを市の教育委員会がかってに違う読み方をした、と怒っている人がいた。正確な経緯はよく分からないが、確かにちょっとしたミスがそのまま通ってしまうことはありうるだろう。

経典はいずこにいきけん六万の思いはいかにか重たからんに

菖《しょう》蒲《ぶ》

久喜市

象徴の花、初夏の水辺を彩る

初夏を迎え、アヤメ科ハナショウブが、菖蒲町の象徴として多くの人を集めている。水辺の花である。

鎌倉時代、武蔵七党という武士団があり、その一つの野与《のよ》党の一族・栢間《かやま》氏の支配地だったといわれる。今でも栢間という地名が残っている。「栢」は「萱《かや》」であり、萱が生えているような沼地ということに由来しているのだろうという。菖蒲という地名は、ショウブが自生していたからだというのが有力な説。そのほか、室町時代、5月5日に城が完成し、ショウブが生い茂る季節で、「菖蒲城」と名付けられたからだという説もある。現在愛《め》でられているハナショウブとは違って地味な花だが、古来、中国では厄除《よ》けとされた植物である。

徳川8代将軍吉宗の時代に、「享保の改革」があった。倹約が勧められる一方で、新田開発にも力が注がれた。田圃《たんぼ》をつくるため、今のさいたま市と川口市にまたがっていた見沼溜井《ためい》が干拓され、用水が掘られた。「見沼の代わりの用水」の見沼代用水であり、菖蒲町を通っている。

地図を見ていると、新堀と呼ばれる辺りなどは、道が真っすぐに付けられていて、定規で引いたような区画になっている。

見沼代用水、中島用水路、野通川、栢間赤堀、栢間沼、弁天沼……。こうした水路や溜池《ためいけ》がたくさんある。水路を設け、新しく田を開拓しようとしていたことが分かる。これも近代化の一つである。

田を拓け米を作れと告《の》らししか〈あばれんぼう将軍〉改革の将

鷲宮《わしみや》

久喜市

関東最古の宮、若者も集う

「らき☆すた」というアニメーションがある。と言っても、私もよくは知らないのだが。そのファンたちで今、鷲宮《わしみや》は活気付いている。合併で久喜市になったが、鷲宮《わしのみや》神社がある地元のお祭りに「らき☆すた御輿《みこし》」ができたらしい。いわゆる「オタク」と言われ、どちらかと言えば周りの人に溶け込むのが苦手と思われていた人たちが、街と打ち解けあっているのだという。私が行った時も、何の行事があるわけでもないのに、どことなく個性的な若者が屯《たむろ》していた。掲示板のようなものがあって、情報交換をしているらしかった。

ひょんなことから時代を超えて、神代と現代とが結びついてしまうものらしい。

鷲宮神社は関東最古の宮で、記紀伝承上の景行天皇時代に社殿が造営されたといわれている。土器を作る部族・土師《はじ》氏の祖神である天穂日命《あめのほひのみこと》を祀る。「土師宮《はじのみや》」と呼ばれていたのがだんだん、「鷲の宮」に変わったという。

鴻巣のような例をみると、ある日どこからか大きな鷲が飛んできて――などという伝説を想像してしまうが、そういうものではない。

そんな伝説などを受け入れないような重厚さがある。最近は軽やかな明るさに価値があるようだが、重々しい感じも捨てがたい。

秩父といい、さきたま古墳といい、この鷲宮といい、とてつもなく古い時代の呼吸が何となく聞こえてきそうな錯覚を感じた。夕方だったこともあるのだが、清浄で厳かな空気が流れているような気がした。


きしきしと玉砂利踏めば厚らかな風が通れりひんやりとして

栗《くり》橋《はし》

久喜市

奥州への道、静御前が眠る

栗橋に、静御前の墓があるのをご存じだろうか。奥州に逃れた源義経を追って来たが、討たれたと聞き、悲しみのあまり剃髪《ていはつ》して菩提《ぼだい》を弔おうとした。しかし、この地で病にかかって亡くなり、葬られたという。

１８８９（明治22）年、近隣の６村が合併する際、どの村名も名乗らず静村《しずかむら》とした。何となく静への情があったのだろうか。河川改修などで現在の茨城県古河市に移ったとされる光了寺には、静御前の舞の衣裳の一部が残っているという。

栗橋という地名について、江戸時代の文献には、「いにしへくり舟などさきに舟橋をもうけしゆえ」とあるそうだ。「くりふね」とは、両岸に柱を立てて綱を張り、その綱を手繰って進める舟のこと。手繰り舟というような意味だろう。「転舟」と書いて「クリフネ」とも読むらしい。

静が向かったということでも分かるように、奥州への道だった。日光街道の宿場であり、要所でもある。外様である伊達藩の行動を警戒し、江戸時代には橋を造らなかったとも言われる。将軍の日光参拝の際は、船を横に並べてその上に板を乗せ、橋の代わりにしたという。

国道4号の利根川橋南詰の土手下に、江戸時代の関所跡という標識が立っている。かつては利根川と渡良瀬川を渡らなければならなかったらしいが、二つの川を合流させたのだという。埼玉県と茨城県の行政区分と歴史が入り組んでいると言われるのは、その故でもあるのだろう。

奥州へ行かん静に橋もなく川に堰《せ》かるる思い深けれ

幸《さっ》手《て》

幸手市

困難な治水に言い伝え

「さって」と読む難解な地名。日本武尊が東征のため、「薩手が島」に上陸し、農業神を祀ったという伝説があり、「薩手」が幸手になったという説がある。いやいやそうではなく、乾いた原野を指すアイヌ語の「サツ」からきたのだという説もある。

「薩手が島」と言われても、私にはどこにあるのか分からない。それに、「乾いた」というイメージもない。むしろ、治水対策が不十分だった時代には、洪水があったのではないかと思うのだが。

1947（昭和22）年、カスリーン台風が関東地方を直撃した。当時私が住んでいた茨城県の古河市では、利根川の堤防の決壊を心配したが、埼玉県側が切れて大洪水が起きたのである。決壊地点は現在の加須市（2010年3月の合併前は大利根町）で、幸手にも甚大な被害が出た。濁流はさらに遠く東京都江戸川区や足立区の方まで及んだという。

見事な桜で人々を集めているのが、権現堂堤。名称は、熊野、白山、若宮の権現を合祀《ごうし》した社があったことに由来するという。しかし土地の人に聞いたら、「もとから権現堂なんてない」と言う。こうして、言い伝えは絶えてゆく。

権現堂堤が決壊した時、修理のため順礼が人柱になったという言い伝えのある「順礼の碑」があった。いかに治水が困難であったかと思う。

車で走っていたら、「マリア地蔵」という標識が目に入って、あわてて止めた。嬰児《みどりご》を抱き、錫杖《しゃくじょう》に十字がある。こんな所にも、「隠れキリシタン」はいたのだ。人々の信仰心というものが貴く思えた。

権現様聖マリア様いただきてやすらぎを得し村の人らは

杉《すぎ》戸《と》

杉戸町

川の渡し場は杉がうっそうと

地図を見ると、杉戸町は春日部市の北に位置し、東の方は江戸川に接していて、川の向こうは千葉県野田市になる。西の方は大落古利根川《おおおとしふるとねがわ》に接している。もともとは「杉門」と表記されたようだ。「杉渡」という意味で、川の渡し場があった所らしい。伝承では、日本武尊が東征のおりに上陸した所で、杉がうっそうとしていたともいう。

町内の「屏風《びょうぶ》」という地名は、屏風に見えるような崖などが川に近いところにあったということかもしれない。かつて海が大きく入り込んでいた頃、屏風に似た地形の陸地だったという説もある。確かに、海岸沿いの各地でそんな地形が見られることもある。

「椿《つばき》」という地名もある。崖が崩れるという意味の「つばける」という言い方に由来した名だという説がある。「屏風」が崖のような地形だというなら、「つばける」も関係がありそうだ。

また、椿の古木があったからだという説もある。木があったから地名になったというのは単純すぎるような気もするが、椿には霊力があるといわれていた。平安時代の朝廷で、正月の上卯《う》の日に邪気を払う杖として使われたりした。『古事記』などにもしばしば登場し、霊木とされている。

地名は地形に由来していることが多いが、日本人は自然に対する畏敬《いけい》と同時に自然に宿る神々を大事にする民でもある。

霊木とされる椿であれば、ましてや大木・古木であれば、あえて地名として戴《いただ》き、称《たた》えたということも考えられる。

杉の戸か杉の門《と》かはた杉の渡《と》か客人神《まろうどがみ》の入りくるところ

宮《みや》代《しろ》

宮代町

鎮守の宮から一字ずつ

東武伊勢崎線に「姫宮」という駅がある。とても可愛らしい名前だが、なるほど近くに姫宮神社がある。

この辺りはかつて、百間《もんま》村と呼ばれていた。ずっとずっと昔、桓武天皇の孫の宮目姫という方が立ち寄って、この地で亡くなったという。後に慈覚大師円仁というお坊さんがその話を聞いて姫の霊を祀った、というようなことが案内板に書かれていた。なぜ天皇の孫姫がこんな所まで来たのか、などということは深く考えず、なるほどと頷いて帰ってきたのだった。

姫宮駅の隣の東武動物公園駅の北西方向には、身代《このしろ》神社がある。出征兵士の身代わりになってくれるという信仰が生まれたが、平和な時代になって身代わりになってもらう必要がなくなったからか、簡素な神社である。この辺りはかつて、須賀村と言われていた。

1955（昭和30）年、その須賀村と百間村が合併することになった。

どこでもいつの時代にもあることだが、合併の際、地名をどうするかが討論された。そして住民が出した結論が、それぞれの鎮守の宮から一字ずつ取ろうということだった。「姫宮」の「宮」と、「身代」の「代」である。かくして「宮代町」になった。

公募の中から選ばれたということだが、当時の人々はまだ、命名の基準を精神的なことに置いていたのだなあと思う。

見た目に覚えやすいとか、音感がいいとか、かっこいいだけ、あるいは経済のことを考えてなどという命名とは違う。少しほっとする。

この下は古墳なるという起伏あり誰の眠りか妨げずあれ

千《せん》駄《だ》野《の》

白岡市

茅の原に、しのばれる生活

私は言葉が好きだ。私は日本語しかわからないが、日本語には日本人の心があると思う。一つ一つの言葉に日本人の心を感じ、受け取っていきたいと思っている。

地名もまったく同じ。一つの土地に名前をつけて暮らしてきた人々の心を感じると、嬉しくなる。今回は白岡市内で探してみた。

まずは実ケ谷《さながや》。「サナ」は昔の製鉄にちなむ。小字《こあざ》の「宮前」は久伊豆神社に神が鎮座する以前という意、「寺裏」は寺の裏との由来があるようだ。

千駄野は、領主に納める年貢が茅《かや》1千駄しかなかったというほど荒れ地だったということからきている。何となく当時の人の生活がしのばれる。東京にも千駄木、千田、千駄ケ谷などという地名があるが、それは千駄の木や萱《かや》を焚《た》いて雨乞いをした場所という解釈もあるようだ。

爪田ケ谷の「ツメ」は「ツマ」が転じ、隅の意味だという。その小字に石橋という所がある。私の地図には見当たらないので今はないのかもしれない。踊り橋とも言われ、若者が踊って献米を受け、それを売って石の橋を作ったという。踊りを見せて資金集めをしたということだろうか。頑丈な石の橋がほしかった地元の青年の心意気か。

野牛《やぎゅう》。これはもとは柳生で、柳が生えていた所だという。ここにも面白い小字名がある。「散財《さんざい》」。ここで賭場《とば》が開帳され、散財した人がいたからだという説があり、通称のようである。おそらく正式名称は別にあるのだろう。しかし「博打《ばくち》の木」というバラ科の植物もあるくらいだから、土地にそうした名前がついたのも不思議ではない。

茅千駄　宮前　散財　石の橋　大字小字《おおあざこあざ》に人のぬくとさ

蓮《はす》田《だ》

蓮田市

浄土思わせた早朝の花

こんな伝説がある。１３００年ほど前、聖武天皇から諸国を見回るようにと派遣された高僧がこの地に至った。弥陀《みだ》堂で一夜を過ごし、翌朝目が覚めて見渡すと、めぐりの沼に何とも美しい蓮《はす》が咲いていた。早朝の蓮の花はどんなに美しかったことか。

それでこの御堂を蓮華院《れんげいん》弥陀堂と命名したということだ。

この辺りを蓮田というようになったのも、そんな事情による。蓮に囲まれているからまさしく浄土を思わせたことだろう。

この弥陀堂は慶福寺にある。もちろんその時代のものが残っているわけではないが。

しかし今は蓮沼だった気配はない。手もとの地図を見ていると沼がいくつかあるのがわかる。山ノ神沼、黒浜沼などである。たぶんずっと昔にはもっと湿地帯があったのではないだろうか。山ノ神沼とは何か不思議な名前だが、山の神が作ったとか祠ったとかだろうか。どういう謂《いわ》れなのかは分からなかった。灌漑《かんがい》としてつくられたものなのだろう。

また現代になって、地名が蓮田なのだから蓮を植えて名所にしようなどという発想もなかったらしい。それもいいかもしれない。

元荒川の近くには貝塚という地名がある。とうぜんながら貝塚がたくさんあったに違いない。

黒浜貝塚、綾瀬貝塚、関山貝塚などという貝塚である。

貝塚という地名はとてもいいと思うが、もしかしたらゴミ捨て場を連想させるとかいう理由で改名されてしまうかもしれない。歴史的由緒のある名前よりは、効率や経済を優先させてしまうのが現代の傾向だからだ。その証拠に蓮田駅近辺は東一丁目〜東六丁目、上一丁目、上二丁目などと改名されてしまっている。

うすべにの蓮ひらくとき繭色の蓮ひらくとき全《まった》きの朝

春日部《かすかべ》

春日部市

日光街道で発展した宿

春日部は、元々は古墳時代、安閑《あんかん》天皇の皇后・春日山田皇女の名が付けられた御名代部《みなしろべ》だったといわれる。時代によっては「粕壁」「糟壁」「糟ケ辺」などと表記されたこともあり、東武鉄道の春日部駅も、初めの頃は「粕壁駅」だったという。

今でも、春日部市粕壁という地名がある。こうした地名が残っていると、過去の時間への入り口がわずかに見えるようで、ゆかしい。

江戸時代に街道整備が進み、日光街道の宿として発展した。江戸からは約9里（36キロ）離れていて、4番目の宿だが、一日歩き通してきて1泊目の地点にあたるので、大変繁栄したという。

こういう話を聞くと、昔の人は足が速かったと思うし、かなり健脚だったのだと、あらためて感心する。しかも一日で終わりではなく、このペースであと何日も旅を続けるのだから。松尾芭蕉も、『奥の細道』の旅でこの地に宿泊したという説があり、記録も残っている。

１８４３（天保14）年の調べでは、本陣が1軒、脇本陣が1軒、旅籠《はたご》が45軒、問屋場が1カ所、家が７７３軒あったという。ずいぶん細かく調査されていたことに驚く。

もしかしたら、現代の方が変わり方や増減が激しく、店が何軒あるかなど確かな数字を把握しきれないかもしれない。案外、江戸時代はしっかり管理されていたということなのだろう。

今でも、宿だったという記念碑や句碑、道標などが所々に立っているが、かつての面影はあまりない。


歩きとおしに己《おのれ》頼みて歩み来《こ》し脚伸ばしけん芭蕉も曾良も

牛《うし》島《じま》

春日部市

藤花薫る川沿いの「島」

5月頃になると急に活気づく駅がある。東武野田線「藤の牛島駅」である。駅名にもなっているくらいだから、とうぜん藤が有名。樹齢1200年で、弘法大師のお手植えとも言われる。もっとも多くの古木が名僧お手植えなどと言われているからあまり信憑性《しんぴょうせい》はないが、古木であることは確か。藤棚の面積は700平方㍍《メートル》もあるのだそうだ。いっとき極楽気分に浸りながら園内を巡る。

県内でも屈指の藤。県内どころではない。例えば日本三大桜があるように三大藤というのがあったら間違いなく入るだろう。

藤花園は、藤の盛りのときしか開園していない。例年なら4月後半から5月10日くらいまで。桜も花季が短いが、藤だって同じようなもの。

藤棚の下に入ると、肩のあたりまで垂れ下がった房から甘い香りがして酔ってしまいそうだ。

藤はこんなにも妖艶で濃厚な香りを持っているのかとあらためて思う。おそらく花の数というか量がとてつもなく豊かなのだろう。

そういえば藤は酒が好きな植物。花が終わって酒粕をお礼肥に与えると聞いたことがある。

牛島という地名。牛が放牧されていたとかそんな由来かと思ったらそうではなく、「内島」だという。「しま」は川沿いの耕地とか村という意味があるらしい。川の流れが荒く、川沿いの地域だったということか。

また駅の反対側には藤塚という地名がある。このほうが藤園には相応《ふさわ》しいような気がするが、こちらの「藤」は「富士」が由来だという。日本語は同音の言葉が多くややこしい。


花と花こもごも声かけ開きゆく藤房のなかは賑《にぎ》やかならん

庄《しょう》和《わ》

春日部市

町名消えても大凧揚げ

「庄和町の大凧《おおだこ》」として全国に知られていた庄和。江戸川河川敷で5月3日と5日、大空に揚げられる。その様子は一年に二日しか見られないが、幸い地元には「大凧会館」があり、凧そのものはいつでも見られる。凄《すご》い。縦15メートル、横11メートル、重さ800キロ。そんな重いものが揚がるのも不思議だ。

その庄和町は2005(平成17)年、春日部市と合併して町名が無くなった。したがって「庄和町の大凧」は「春日部市の大凧」になってしまい、私には何となく喉越《のどご》しが悪い。

「この辺」と見当をつけて新しい地図で探したが、「庄和」は見つからない。道の駅や国道の交差点にその名がわずかに残っているばかり。存在が薄まったようで寂しい。かつて「庄内領」と言ったところから、新たに一致和合して発展を図ろうというのが、名前の元だったようだが。

大凧揚げの発祥の地である西宝珠花《にしほうしゅばな》は、旧村名として残っている。「花」は

「鼻」の意で、突き出た所を指すようだ。柳田國男によれば、「ハナワ」であって、高地や川の岸など近寄れない所という意味だという。日当たりが良く、遠くからも見えて水害を避けられる地形だという説もある。

川の辺の集落は、どこでも治水に頭を悩ませる。治山治水は治国の基だ。ここには立派な排水路がある。川をハイテク管理しているのだ。

友人が欧州のライン川の畔《ほとり》を車で走っている時、洪水でここまで浸水したという水位を示す柱が立っていたのを見たという。世界中どこでも、水との暮らしは一筋縄ではいかない。

大空に凧あり凧に力あり奴《やっこ》も揚がらん武者も揚がらん

越《こし》巻《まき》

越谷市

台地の麓を取り巻いた地

越谷市の「越巻」。コシマキというちょっとユーモラスな地名がある、否、かつてあった。古い本を読んでいて面白いと思い、さてどこにあるのだろうとあらためて地図を探したが、無い。辛うじて越巻橋というのが残っていて、この辺りなのだろうかと推測した。

武蔵野台地の麓を取り巻いた地として名付けられた。コシは麓とか側という意味、マキは山麓《さんろく》に半円状に連なる集落という意味だという。

また、同市には間久里《まくり》という地名もあるが、これは今でも残っている。これは「蒔里《まくり》」であって、条里制の遺名だとする説がある。ただ条里の遺跡は見つかっていないので、確かなことではない。共同作業所という意味だとする説もあるがこれもどうも怪しい。久しい間の里、つまり他の集落から離れているという説。真菰《まこも》が茂っていたので真菰里《まこもり》・まこりと変わっていったという説。こんなにあっても決定的なものがない。しかし地名の由来がどうであれ、人々はその環境でたくましく生きている。日光街道が通っており、鰻《うなぎ》や鯰《なまず》を商っていた土地らしい。

また、たぶん人名だろうと思われる「七左町《しちざちょう》」が近くにある。推測しながら調べ始めた。『新編武蔵風土記稿』には「神明下村の里正七左衛門新墾す」とある。もとは七左衛門村と言った。七左衛門さんが開発した村なのである。七左衛門は、室町時代の武将・太田道灌《どうかん》の縁者ともいわれているが、徳川幕府の関東郡代伊奈氏にも仕えたという。

なかなか優れた人だったということだが、現在も元荒川の畔に立派な屋敷が残っている。子孫が住んでいるとのことだ。

用水に越巻橋の影うつり下校の子らが渡りてゆけり

草《そう》加《か》

草加市

砂地を意味する「ソガ」説有力

草加という地名の由来に関する説はいくつかある。

馬の飼料にする草を刈った場所であるという説。大和朝廷の頃にあった日下部《くさかべ》の「くさか」にちなむという説。江戸時代の二代将軍・徳川秀忠が狩りに来た時、草を刈って道に敷いたからという説。有力なのは、この地にある綾瀬川の右岸が砂地で、砂地が「ソガ」と言われていたからだという説らしい。

草加は日光街道の宿場。今は宿場らしいところはあまり見当たらないが、綾瀬川に沿って松並木が続いている。とても綺麗に整えられていて、散歩道として格好の景観だ。不思議なのは、普通、橋は川に架かっているものだが、ここでは太鼓型の橋が川と並行してしつらえてある。つまり橋の役目をしていない。新しく整備された橋ではあるが、なかなか風情があって、ちょっと昔に帰ったような気分になる。

松尾芭蕉の『奥の細道』にも出てくる草加宿。「その日やうやう早（草）加という宿にたどり着きにけり。痩骨《そうこつ》の肩にかかれる物、まづ苦しむ」とあり、荷物が重いと言ってぼやいている。ようやくたどり着いたというので、ここで1泊したようにみえるが、実はさらに先の粕壁（春日部）で泊まったという記録もある。『奥の細道』はあくまで文学作品なので、実際とは若干違うともいわれている。

出発した千住から草加までは2里8丁（約9㌔）で、さらに粕壁までは4里10丁（約17㌔）とされる。江戸・深川から舟で千住に着いたというのだから、この辺りではさほど疲れていたわけではないのかもしれない。

風道《かざみち》は一本の帯そうそうと松を鳴らして風通り過ぐ

松《まつ》伏《ぶし》

松伏町

松の生えた堤防？「伏せ松」？

松伏町の地名の由来は、二つある。

「ぶし」とは、川が自然に造り出した堤防のようなもので、松の生えた「ぶし」という意味だというのが一つ。確かに、町を歩いてみると大落古利根川《おおおとしふるとねがわ》や中川のような大きな川が流れ、小さな水路もある。農業にとって水路は欠かせないものだからだろう。

しかし、古利根川のほとりを歩いてみたが、自然の造った堤防という感じはなく、むしろ大雨の時、これで溢れることはないのだろうかと心配になるほど岸辺が近かった。

もう一つの由来は、この辺りの豪農だった石川民部家が静栖寺《じょうせいじ》に移植した松が「伏せ松」だったからという。これも何処から何のために移植したのか分からない。伏せ松というのも、文字通り伏せっているような形の松だとしたら、なぜそんなものを移植したのか。

町の資料でも、はっきりは分からないと書かれていた。古い地名とはおおかたそんなものだろう。

その静栖寺は現在もある。行ってみたが、それらしい松は無かった。その代わりというか、ちょっと変わった石塔が数多くあった。五輪塔だが、何となくカンボジアの寺院の屋根のような、ちょっと跳ね上がった形なのだ。しかも解説によると、石川民部は関西の出身とかで、関西地方に見られる一石五輪塔が三基あるのだという。つまり五つの石を重ねたのではなく、一つの石から五つの形を彫り出したのだそうだ。

何となく霊気の漂うような佇まいだった。

ゆったりと流るる川に身を寄せてひねもす糸を垂らす人々

八《や》潮《しお》

八潮市

上げ潮の海水ここまで

八潮は、戦後に八幡、潮止、八條の3村が合併し、その一字ずつを取って新しい村の名前になった。1964（昭和39）年に町になり、1972（昭和47）年には市になった。

さかのぼると、八幡村は、1889（明治22）年の8村合併時の命名で、由来は総鎮守の八幡神社だといわれるから、なにやらゆかしい。

潮止村は、東京湾が上げ潮になると、海水が川を逆流してここまで達するという「潮止まり」の地だったとか。干潮時は、川を行き来する船の底が川底についてて動かなくなってしまう。満潮になると、やっと滑りだす。そういう土地で、潮がここまで届いていたのだという。

県外に行ったとき、「海なしの埼玉県から来ました」などと自己紹介することがある。潮止まりを海とは言えないかもしれないが、こんなにも近い所まで潮の満ち引きが関わっていたということには驚きだった。今では埋め立てが進んで、東京湾には手が届きにくくなってしまったが。

合併後、市内の地名から「潮止」もなくなってしまったようで、「中央」「～丁目」など、特に歴史的な意味はなさそうな地名も目に付く。それでも、「潮止橋」や「潮止通り」など、ゆかりの名前が残っていてほっとする。所々にこうした面影を発見すると、嬉しいものだ。

地図を見ると、潮止通りの近くに「村長通り」という表記もある。村長さんが住んでいたのだろうか、どんな村長だったのだろうかと、あれこれ推測して楽しんでいる。古くからの地名は想像をかき立てる。

さかのぼる潮《うしお》に乗りてみやこどり身をよろこばすごとく浮かべり

垳《がけ》

八潮市

全国唯一、いま改名の危機

垳という字を漢字の辞書で引いてみると「埼玉県の地名」と出ている。何と簡明なことか。そして「国字」と書いてある。

漢字が古代中国から伝わった字なのに対し、国字は文字通り国産の文字なのである。ほかにも「榊《さかき》」や「峠」などいくつかあるが、垳もその一つだ。

「垳」は日本中探しても、ここ八潮市にしかない。貴重な地名だ。

このところ各地で地名が変えられている。多くは市町村合併のためだが、この垳も変えようという動きがある。周辺の区画整理事業に伴って「青葉」という、味気ない地名にされかかっているのだという。「風前の灯」であり「絶滅危惧名」なのである。

これに対し、「『垳』を守る会」が結成されたという。地名を変えたくないと思っている人たちが反対運動を展開し、市議会でも、町名変更の見直しを求める請願が採択された。

八潮市には、中央とか緑町といったあまり由来の感じられない町名が目立つ。新興住宅地ではしばしばこういうことが起こる。新しく移転してきた人たちは古い歴史にあまり愛着がなく、行政の大義名分で歴史が消されていくのである。

「垳」は「崖」のことで、昔は「垳村十一軒」と言われて11軒しか家がなかったという。明治の頃には21軒となり、戦後までその程度の家しかなかった。現在は約８００世帯。新しく転入してきた、垳に愛着のない人たちが多くなったのだろうか。だからと言って変えなければならない理由はない。

お手討という言葉を思い浮かべずにいられない。主が下臣をばっさりと斬る、たいした咎《とが》もないのに。そんな感じだ。

いにしえに垳なる文字を作りたる人の智おもう百姓《ひゃくせい》ならん

三《み》郷《さと》

三郷市

早稲の産地に万葉歌碑

1956（昭和31）年、彦成《ひこなり》村と早稲田村と東和《とうわ》村が合併した。この辺りが「二郷半領《にごうはんりょう》」と呼ばれていたこともあって、3村合併で「三郷村」になり、その後、町から市になった。

3村の合併申請書でも、もともと二郷半領だったという背景からか、地勢や地形、産業、交通など、近隣同士としての関係が密接だという趣旨の理由が挙げられていた。それでも、『三郷市史』を読むと、合併はなかなか困難だったらしい。

「二郷半領」の名は、彦成と吉川という二つの郷があり、彦成以南が下半郷と呼ばれていたことに由来する。今も「二郷半用水」が流れているが、かつてに比べて農業用水の利用が少なくなったためか、幅を狭めて整地され、しゃれた散歩道ができた。それでも、名前が残っていると往時を偲ぶよすがにはなる。

早稲田村は、その名の通り、早稲《わせ》の産地だった。『万葉集』にある「にほ鳥の葛飾早稲をにへすともそのかなしきを外に立てめやも」の歌碑が稲荷神社にあるというので、地図を頼りに早稲田地区を目指してみた。「葛飾の初穂を神に捧げる神聖な日であっても愛しいあなたを外に立たせはしない」という歌意である。

「丹後神社交差点」のそばに神社があり、散歩中の方に聞いたら、ここが稲荷神社だと分かった。「萬葉遺跡葛飾早稲発祥地」と書かれた石碑が立っていて、後ろに歌が刻まれていた。この辺りもかつては葛飾といわれていたので、ここが歌の発祥の地とされたようだが、確実ではないらしい。

稲荷神社という、やはり稲作に関わる神社であり、万葉の歌とは関わりがないとしても、早稲の産地であったことには違いないのだろう。

いにしえの人の願いの早稲ならん早く実れよ重く稔れよ

V 中央エリア

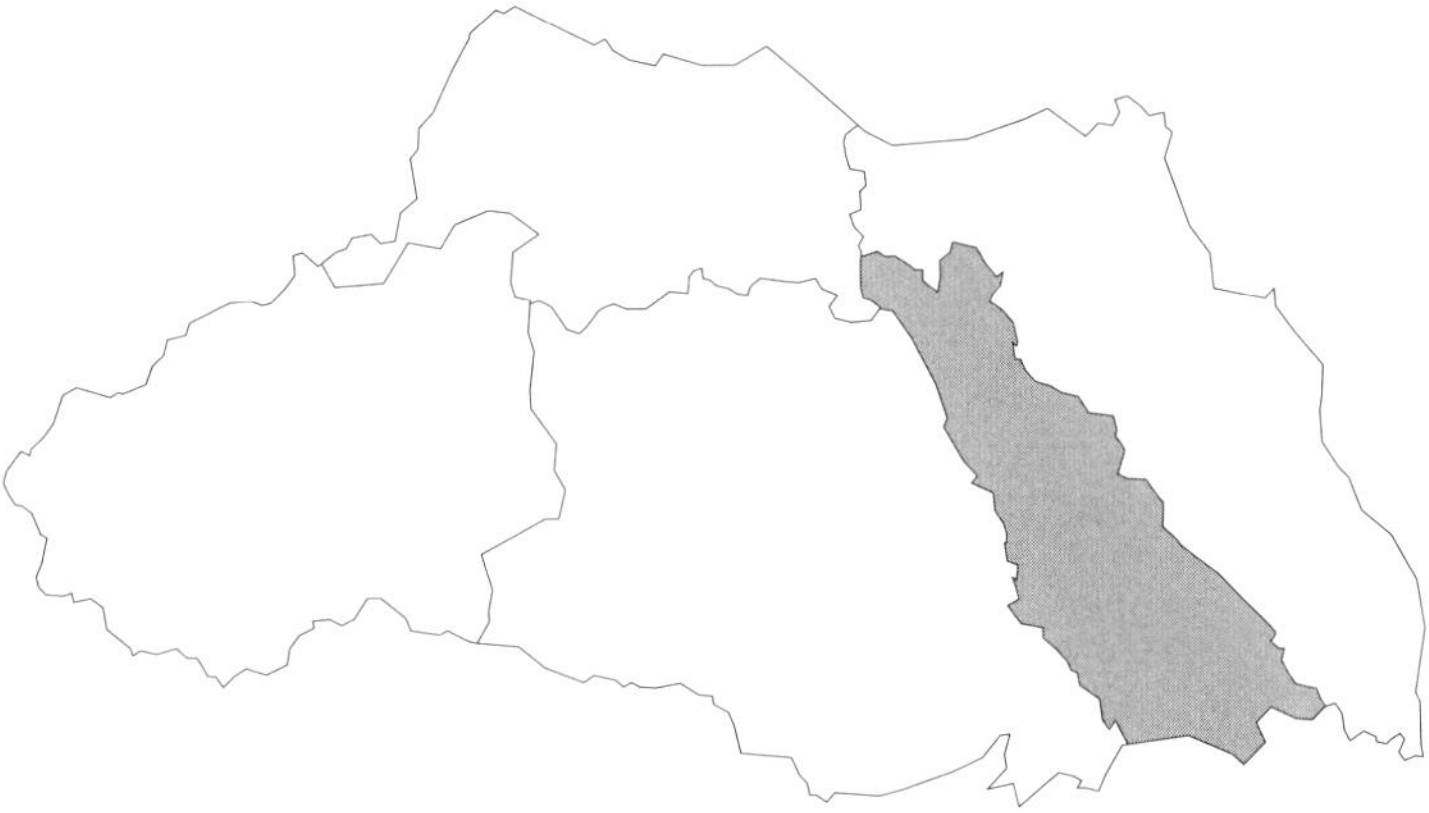

鴻巣　滝馬室　川里　桶川　上尾
小針　白幡　三室　西遊馬　与野
膝子　岩槻　慈恩寺　蕨　美女木
川口　鳩ケ谷

鴻《こう》巣《の す》

鴻巣市

コウノトリ伝説が息づく

鴻巣は、いかにもコウノトリの巣がありそうな地名だ。JR鴻巣駅から少し歩くと、鴻《こう》神社がある。駅前は近代的になったが、ほんのわずか歩いただけで、しっとりとした雰囲気をかもしだしている。

鴻神社には一つの伝説がある。昔むかし、大木があって、コウノトリが巣を掛けた。懸命に抱卵をしていたが、ある時蛇に狙われてしまった。鋭いくちばしで立ち向かい、とうとう追い払った。そういうわけで卵のお守りがある。子授けや安産にご利益があるとされている。

鴻巣の地名の由来については、コウノトリの巣の他にも説がある。笠原直使主《かさはらのあたいおみ》がこの辺りに住み、武蔵の国の国府となったため、「国府の州」と言うようになった。それで「コクフノス」から「コウノス」へと変わっていったのだろうという説だ。

近頃は、植物の名も鳥の名もカタカナで書くようになり、さまざまな意味が分かり難くなってしまっているが、辞書ではコウノトリは「鸛」と書かれている。一方、「鴻」は「オオトリ」や「ヒシクイ」となっている。「鸛」と「鴻」の字の違いから考えても、私は「国府の州」の説の方が理解できる気がする。

もちろん、コウノトリの話はあくまで伝説で、目くじらを立てるほどのことはない。本当のことが知りたいというよりも、身近なものとして親しみたいという人たちもいるだろう。産土《うぶすな》の土地に親しんで暮らす人々にとって、コウノトリの伝説は、格好の話題なのだと思う。

木の梢《うれ》に巣ごもりし鴻《こう》はねんごろに卵《らん》を守りぬひとつきがほど

滝《たき》馬《ま》室《むろ》

鴻巣市

奪われた馬が伝説の源か

地名には、山や川や谷など、あきらかに地形と思われるものがある。また生活を思わせる名前もある。

鴻巣市の西方にある滝馬室《たきまむろ》・原馬室。農業をするには馬が必需品だった時代、おそらく馬小屋がたくさんあったことに由来するだろうと見当をつけた。

しかし調べてみるとそんなに単純ではなかった。

『新編武蔵風土記稿』によれば村内の西の方に二つの土穴があり、戦国時代、武士に掠《かす》め奪われるのを恐れてこの穴に馬を隠した。そこから馬室という地名が起こったという。しかしこれは伝説でしかなく、本来は古墳の石室のことで、石室を単に真室といい、真が馬に変わって先の伝説が生まれたともいわれる。

地名の研究家ではない私はどちらでもいいし、まして真偽ということになれば、心もとないばかりだ。

どちらが正しいかというより、むしろ馬を隠したという伝説のなかにこそ、人々の心やその時の社会状況が垣間見えるのではないかと私は思う。たびたび馬を奪われる事件が起こり、困っていた農民たちが大勢いたことは、事実なのかもしれないと考えられる。

歴史に残らない庶民たちの生活の記録、それが伝説となっていったのではないだろうか。

伝説には架空のものもあり、創作もあり、願望もある。庶民の思いがそこにあるのではないか。伝説として、つまり伝わっていくという過程において、人はその時々のさまざまな思いを地名に込めた、そう思う。

過去の人々の積み重ねた思いを、現代の人たちはあまりにも容易《たやす》く断ち切ってしまっている。

いななきを隠すは至難の業にして匸構《かくしがまえ》のようなる馬室

川《かわ》里《さと》

鴻巣市

沼を開拓した新田

現在は鴻巣市になってしまったが、かつては川里と呼ばれていた。地図を見ていると変わった地名が目に入る。上だか下だかわからないような上会下《かみえげ》、屈折したような屈巣《くす》、騎西町（現・加須市）に属するが種足《たなだれ》などもふり仮名がなければなかなか読めないだろう。

かつて屈巣沼という大きな沼があり、開拓して屈巣村新田、郷地《ごうじ》村新田、上会下村新田などと言った。それが現在では新田をとって屈巣、郷地、上会下として残っている。そういえば、私の住んでいる所のかつての地名は原山新田。1955（昭和30）年の半ば頃に新田が取れたのだが、そのとき何か寂しいような格上げされたような複雑な気持ちになったことを思い出す。当時でもすでに住宅が立ち並んで新田という雰囲気ではなかった。

この辺り現在は畑地や住宅地になっているが、川里中央公園あたりがその名残なのかもしれない。

上会下は、『新編武蔵風土記稿』によると「中種足村の龍昌寺の伝へに、村内雲祥寺を上会下と唱へし由」とあるので、そのまま寺のことといっていいのだろうか、寺領ということだろうか。雲祥寺を「上会下」といい、龍昌寺のことを「下会下」と称していたという。

「屈巣」の由来にもいくつか説があるようだ。「国主」と書いていたが畏れ多いので改めたとか、その地の古樹に棲みついていた鷲が村人に害を加えたので村人が鷲神社として祀ったところ、巣の中に屈してそれ以来巣から出てこなくなったとか。川の中洲が曲がっていたので曲洲と言ったという説もある。どれもがそれらしく思えるから不思議だ。

村ができ新しき田の拓《ひら》ければ寺に拠《よ》りゆく民のこころは

桶《おけ》川《がわ》

桶川市

オレンジ色の紅花が薫る

桶川といえば紅花。染料にする。紅花というくらいだから紅《あか》い花なのだろうと想像していくと、ちょっと驚く。黄色かオレンジ色に近い。

染料にするにはその花を摘み取り、まずは黄色い色素を絞り出すと、黄色の染料になる。さらに何度も水を替え、黄色を完全に抜いたあと、薬剤を入れると赤の染料になるのだそうだ。

一つの花から黄色と紅の染料が取れるが、紅は少量なので高価。主として布を染めるのに用いた。

「べに花ふるさと館」があるが、紅花とはあまり関係ない。蕎麦打ち体験や書道教室などが開かれていて、紅花染めの実践などは行われていないようだった。季節だと紅花を束にして売っていることもある。ドライフラワーにも向いていて、いつ買ったのか忘れたが、私の部屋にまだ飾ってある。

この辺りを「加納」という。

加納とは、本来、荘園として年貢を納めているほかに、新しく開拓した分を追加納入するということらしい。せっかく開墾して豊かになったと思っても、そう簡単には許してもらえない制度ということになる。

本などを読むと、全国各地にある地名らしい。いつの時代でも税金というものは重いものである。

「桶川」の地名の由来には定説がないらしい。広い田畑という意味の「オキ」からきたという説。芝川と鴨川の源流のため、川が起きるところの「おき川」や、生い茂っていた「荻《おぎ》」を「オケ」と言ったからだ、とも言われる。なかなか決定的なものは無いようだ。

わずかなる紅を取り出すいにしえの人の心のほのかくれない

上《あげ》尾《お》

上尾市

鍬と稲穂を祀った神社

上尾は、難解な地名の一つだという。私はあまりに慣れてしまって難解とは思えないが、一字目に「上」の字を使った場合、「あげ」と読む市町村名は、他に長野県上松町だけだそうだ。

上も尾も台地を示す言葉だという。なるほどそうならば人にとって住みやすい所なのだろう。二万年前の石器が出土しているなど、なかなか歴史のあるところなのである。

もう一つ伝説がある。ある日、3人の童子が鍬《くわ》を持ち荷車を引いて通った。荷を届ける先が分からないと戻ってきたが、ここに来て荷車が動かなくなってしまった。しかたなく荷物を奉納して帰った。その後荷を開けてみると十数本の稲穂が出てきたので、鍬と稲穂を神棚に祀った。それが上尾駅近くの氷川鍬神社。

穂を上げたので「上げ穂」、それが「あげお」になったとか。伝説に過ぎないのだろうが、確かに鍬神社という名前も変わっているからそんな話も生まれるのだろう。いずれにしても日本人にとっては稲が大事、神様に供える貴いものであり、いかにも稲作の国らしい伝説だと思う。伝説には人々の心が表れるものだ。

原市という地名がある。かつては原宿といわれていたこともある。原宿といえば東京・神宮前のファッションの先端を行く若者の街を思い出す。いまでは流行の先端を行くようだが、これだって鎌倉街道の原宿だったというのだから、なんだ根っこは同じじゃないかと言ってみたくもなる。麻布狸穴《まみあな》は、猯《まみ》（アナグマ）が棲んでいたところからついたという。猯の字が狸に変わった。つまりそんな動物が棲んでいた田舎だった。結局、もとをたどれば繁華街もたいしたことはなかった、のだ。

大和はも瑞穂《みずほ》の国ぞ一粒の種が地表をおおう緑に

小《こ》針《ばり》

伊奈町

新しい土地を開いた苦労

伊奈町とは、関東郡代伊奈氏が管轄した所である。私は県南に住んでいるので、伊奈氏といえば川口の赤山陣屋の方かと思っていたら赤山に移る前の拠点であった。伊奈には今でも屋敷跡や土塁、道路などが残っているのだが、障子堀は遺跡保護のために埋め戻されているという。

歴史が彼方のほうへいってしまった感がある。伊奈氏は関八州を治め、産業を推し進めたり治水に励んだりと大きな貢献があった。

町内には小針という地名がある。「針」は「墾《はり》」、つまり開墾のこと、新しい土地を開くことである。新しい土地を開くことはとても大事なことではあるが、なまなかなことではない。用水などの設備も整えなければならず、しっかりした計画も技術も必要なのである。

別の地名「羽貫」。これはハンノキが変化してハヌキになった。榛《はん》の木は水辺を好む木で、田の畦などに植えて稲架の支柱としても使う。

榛の木に関わる地名は各地にある。おおかたは農村である。どんなにか土地、つまり土と人間が密接に関係していたかという証拠である。

小室という地名も地図にあった。「ムロ」は「むら」という意味でもある。今はたんに記号のようになってしまったが、かつては地名と人の暮らしは強く強く関わっていたのだ。

こうした地名からは、新しい田を開いて稲を育て、村として機能していたというイメージが浮かぶのだ。

この地方を治めていた伊奈忠次《ただつぐ》の名をとって「忠次号」というレンタサイクルがあり、伊奈氏への思いは受け継がれているのかもしれないと思われた。

稲の穂が黄金《こがね》に見えけん歯を切《せっ》し草の根木の根を起こしし人ら

白《しら》幡《はた》

さいたま市

戦勝を祈り八幡神招く

まだ春の浅い頃、さいたま市南区白幡の睦神社に行った。何度も近くを通っているのに神社があるのを知らなかった。木製の太刀が奉納されていて、「安永五年　白幡邑講中」と銘があるらしい。今は本殿の中に納められているが、かつては社殿の外にあったようで、写真が案内板に残されている。

この辺りは平将門征伐のために藤原秀郷（俵藤太）が陣を構え、戦勝祈願のために八幡を勧請した。そして「白幡」を掲げたことで、地名として残った。八幡信仰は古くからあり、幡とは軍旗ではなく、神の依代《よりしろ》だという。

『武蔵国郡村史』によると、村の東北部は赤土質悪く菽麦《しゅくばく》に宜《よろ》し、西北部は黒土稲や粱に可なり、という。菽は豆のこと。この程度の広さでも作物の適不適があり土質の違いがあるのかと驚く。昔の人にとっては土地の質を見極めることは大事。相応しい作物を植えなければならなかった。収穫に影響するし、即生活の糧が左右される。

さらに、「水利不便にして時々旱《ひでり》に苦む」と書いてある。その土地で暮らさなければならない人々の苦労が推察される。睦神社の下には雨乞いをしたという池があった。小さな池だが、雨乞い神事があったと聞けば、何となくゆかしい気もしてくる。ほとりには大きな椿の木があり真っ赤な花がたくさん落ちていた。

今でも旱や大雨に苦しめられることはあるが、品種改良などのおかげで多少のアクシデントは凌《しの》ぐことができる。自然によって苦しむことが少なくなり、雨乞いのような神頼みや、白幡をたてて神を招こうという思いも薄らいでしまった。

豆を植え麦を育てて糧とせる白幡村に咲く藪椿

三室《みむろ》

さいたま市

「女體《にょたい》さま」から気高さ漂う

さいたま市が政令指定都市になるとき区名の公募があった。私は三室区か見沼区としたかったのだがあえなく落選、緑区になってしまった。炭酸の抜けたサイダーみたいだった。

大宮方面の別の地区が見沼区になってしまったが、地元の人には不評だったらしい。だったらこっちに譲ってほしいと思ったものだった。

三室は「御室」のことで、『広辞苑』によると貴人のお住まい、あるいは神を安置するところ、すなわち神社だという。気高い名前ではないか。

私たちは「三室の女體さま」と言っているが、実際の地名でいえば宮本に氷川女體神社があり、奇稲田姫《くしなだ》が祀られている。大宮区の氷川神社には須佐之男《すさのお》が祀られ、これが夫。八岐大蛇《やまたのおろち》から姫を助けたのが縁。さらに中氷川神社が近くにあり、子どもだという。この三社は直線上にあり、一体となって信仰されたのだろう。崇神天皇の頃の創建というのだから古い。

近くには「道祖土《さいど》」という地名もある。つまり道祖神を祀った所。旧市名の「浦和」は海浜地名で、湾のような所だという説。いやいやこの辺りに海は無いのだから川の曲がった所だと言う説がある。いずれにしてもかなり古代のことなので、地形がどうなっていたか定かには分からない。

国道122号沿いには「大門」がある。江戸時代には日光御成街道の宿場だった。寺の惣門・大門があったところからの命名である。

時代を遡るほど由来は曖昧で、近づくとわりあい確か。新旧の歴史が入り交じるのが地名というものだ。


「八雲立つ」女體さまから吹いてくる風が光れり卯月《うづき》はじめの

西《にし》遊《あす》馬《ま》

さいたま市

馬遊ぶ牧か、想像も楽し

自分の住んでいる所、あるいは近隣は、あまりに身近すぎて、地名の由来など考えることもないものだ。

旧大宮市（さいたま市）にも、面白い地名がたくさんある。私の友人は、名前が気に入ったと言って「指扇《さしおうぎ》」に家を買った。何となく、源平の屋島の戦いで扇の的を射抜いたとされる那須与一でも思い出されるような印象で、優雅だという理由だ。しかし、由来を調べてみると、那須与一には関係が無かった。

江戸幕府の二代将軍・徳川秀忠がこの土地を旗本の山内豊前守に与える時、扇でその区域を指し示したからだという説や、扇のような地形になっていたからだという説などがある。物語を作りたいのが人情というものだ。

近くに「西遊馬」という地名の場所がある。「遊馬」は「あすま」と読む。昔は野生の馬が遊んでいたとか、あるいは江戸時代の牧場でもあったのかと思ったが、水の浅い所という意味の「あそ」が由来らしい。これも定説は無いということだが、やっぱり牧場のほうがイメージがわく。

文武天皇時代の７００（文武４）年頃に国営牧場のようなものがあり、馬の遊んでいる様子から名付けられたと書かれた文献もあったので、あながち論外ということでもないだろう。今では住宅地になってしまってはいるが、川も近く、広々とした土地だったことを思えば、放牧には適していたのではないだろうか。

かつてそこに住んでいた人々がどういう思いで名付けたか、風に吹かれながら、考えていると楽しい。

りゅうりゅうと馬が走れり　草の原どこを目指すか原始の馬は

与《よ》野《の》

さいたま市

名とともに消える面影

与野市は、2001（平成13）年に大宮市、浦和市と合併し、その地名が消えた。さいたま市中央区となったため、「与野」は駅名や学校名などにしか残っていない。

それまでは、1889（明治22）年以降、何処とも合併してこなかった。小さな自治体だったが、「昭和の大合併」の際にも独立を通した。

与野という名前の語源はよく分からないらしい。「ヨナイ」から起こったのではないかという説がある。ヨナイは、金品を出し合ってお互いに助け合うというような意味があり、米納・米内・余内などを当てている所が他にもあるという。

また一定の租税を賦課しえない収穫の定まらない地という意味もあるという。新しい開拓地では安定した十分な収穫は見込めない。

なかなか深い意味があるものだ。地名は、住んでいる人たちがどういう思いで暮らしていたか、どういう状況にあったかを推測する一助になることがある。記録に残るような出来事ではなく、人々の暮らしとしての歴史だ。

与野駅から国道17号に向かってまっすぐ延びている道路は「与野停車場線」という。現在でも「停車場」という名称が残っているのが、何とも古めかしく面白い。もちろん使われているわけではない。

与野駅西口を出てまもなくある建物には「與野驛前郵便局」と書いてあった。ほんの何年か前のことである。

いまはすっかり近代的になった。地名とともに、かつての面影も消えてしまった。

もやだてる與野停車場のうつろいのなかから聞こゆる鉄路のきしみ

膝子《ひざこ》

さいたま市

今に伝わる「ひさご」説

さいたま市見沼区に膝子《ひざこ》という地名を見つけた。何だか膝っ小僧のような名前だなあと思いつつ、車を走らせていると、こんもりとした森が見えてきた。あそこが膝子八幡神社だろうかと見当をつける。近くまでは行けたが、入り口がよくわからず、ぐるりと一回りしてしまった。

ようやく見つけた細い道を入ってゆくと正面に鳥居が見え、傍らには樹齢300年といわれる大きな欅が立っていた。根の張りぐあいにちょっと異様な雰囲気を持っているその木が、神社の古さを物語っている。

しかしその奥の本堂はそれほど古いようには見えなかった。中では氏子の人たちが10人ほど、正月を迎える準備をしているようだった。

忙しく働いている神主さんを引き留め、膝子の名前の由来を聞いた。

この辺りの地形が瓢箪《ひょうたん》、つまり「ひさご」の形に似ているからだということだった。「ひさご」が変化して「ひざこ」になったという。

ところが『武蔵国足立郡村誌』には異説がある。昔、ある農夫の妻が子を宿し、なにやら異形のものを生んだ。その体が人の膝のような形のようなので「膝子」と呼んでいたところ、そのまま村の名前になったのだという。さらに、史料はこのように続く。「おぼつかないことではあるが、ほかに有力な説もないので、土地の人たちが伝えるままを、一応記した」と。つまり、あくまでも伝説ということになる。にわかには信じがたいことだし、あまりにも不思議な話である。

諸説ありそうだが、これを書いた人も住民の話をもとにしているのだから、私も現在の住人が言う「ひさご」説を信じることにしよう。

参道を北風小僧が走りぬけ膝子神社は冬晴れのなか

岩《いわ》　槻《つき》

さいたま市

「難攻不落」知恵も必要

「いつの頃よりか槻の字を用ひ来る（略）堅固に城を築くこと岩の如し、因て岩築と云」と、岩槻市史にある。

岩で築いた城のようだという意味合いから付いた名といわれる。しかし、実際には岩で築いたわけではなく、いかにも難攻不落と思わせるために太田道灌の父、道真が名付けたともいわれる。武将というものは、単純に武力だけではなく、知恵も必要だったのだろう。「岩月」とか「岩付」などと書かれた時代もあった。

人形の街として知られているが、これも徳川の世と関係がある。日光東照宮を建立する時、多くの匠《たくみ》たちが集められた。岩槻は日光御成道の宿場町なので、行き交ううちに、ここに住み着いた人がいたらしい。桐の木が多く、箪笥《たんす》や人形作りなどの職人になっていった。京都の仏師がたまたま岩槻で病にかかり、癒えた後もそのまま住み着いたというようなこともあったらしい。

桐の粉に生麩糊《しょうふのり》をまぜて人形の頭《かしら》を作った。産業は何でもそうだろうが、その土地に産するもの、地形などが大きく関わる。近辺に桐の木が生えていなかったら、あるいは街道筋でなかったら、と考えると、今ある私たちの環境は単純ではないなあと、つくづく思う。

1871（明治4）年の廃藩置県とその後の府県統合に伴い、いったんは岩槻が埼玉県の県庁所在地とされた。しかし、県庁は仮に置かれた浦和にそのまま落ちついてしまった。岩槻市が2005（平成17）年、さいたま市に編入合併されたのも、因縁なのかもしれない。

戦乱を生きるよすがの城郭は難攻にして不落の構え

慈《じ》恩《おん》寺《じ》

さいたま市

唐・長安の寺名に由来

岩槻近辺の地図を見ていたら、「平林寺」を見つけた。平林寺といえば新座市ではなかったかと思ったら、かつてはここにあったという。そういえば明治初期、岩槻県が浦和県などと一緒に「埼玉県」になる際、県庁は岩槻に置かれる予定だった。

岩槻を説明する際、なんとなく、「元」「本来は」「かつて」が多い気がする、歴史はあるのに埋もれているような。とかく城下町は商業の町に圧《お》されがち、とは思うのだが。

ただ岩槻にあっても、慈恩寺はれっきとした歴史とともに生き続けている。慈覚大師円仁の創建と伝えられ、唐の長安にある大慈恩寺に、周囲の風景が似ていることから命名されたらしい。

中世には衆徒66坊もあったというが、江戸時代には一時無住になるという時期もあった。栄枯盛衰は他の寺にも多く見られるものである。

地名の慈恩寺は、もちろんこの慈恩寺が由来だ。江戸時代初期に慈恩寺、表慈恩寺、裏慈恩寺と三つの村に分かれたが、それらがいまも地名に残っているのは嬉しい。

一方、明治になってから誕生した地名もある。

岩槻城が取り壊された際、城跡周辺の武家屋敷あたりは、「太田」と名付けられた。築城した太田道灌にちなんだわけだ。

よかった。過去のいきさつが不明な地名にならずに。明治時代の人たちは歴史を重んじる意志と知性、由来や縁《ゆかり》を大事にする精神を持ち合わせていたのだと思う。

東とか西とか中央とか、現代ふうの命名はなんと味気ないことか。歴史を断ち切ろうとしているのかと、勘ぐりたくもなる。

裏は心《うら》　表は面《おもて》　慈恩寺の風《ふう》をいただく四囲の人らは

蕨《わらび》

蕨市

「藁火」二つの言い伝え

漢字一文字の市名は珍しい。最近は合併して市名が長くなる傾向があるが、そんな中で潔い感じだ。

1889（明治22）年、蕨宿と塚越《つかこし》村とで蕨町が誕生して以来、独自の道を歩き続け、平成の全国的な大合併ラッシュでも、その姿勢を変えることは無かった。日本で一番面積が狭い市というのを誇りにしているかのようだ。

漠然と、蕨がたくさん生えていたので付いた名前だろうと思っていたら、必ずしもそうとは限らないらしい。植物学的には蕨が繁殖するような土地ではないというのだ。

かつては「藁火村《わらび》」と呼ばれていたという記録がある。源義経がこの辺りに泊まり、朝餉の煙が立ち上っている風景が美しいので、何という里かと聞いたところ、村の名前はないが木々が少なく、藁を焚いて燃料にしているという返事だった。「それならこれから藁火村と呼ぶように」と言ったというのだ。

もう一つ、在原業平がこの辺りで道に迷って行き暮れてしまった。おまけに雨まで降ってきて寒い。見かねた近くの貧しい家の娘が、藁を焚いてもてなしてくれた。そこで「藁火村とせよ」と言ったという。物語は違うが、どことなく太田道灌の山吹の話に状況が似ている。

義経の話も業平の話も、実のところあまり信憑《しんぴょう》性はないようだ。しかし、樹木が少なく、藁を燃料にしていたことは、一概に否定できないらしい。登場人物は異なっても、「藁火」であることは共通しているのだ。

藁灰は肥料になり、川越や蕨辺りに灰市がたち、畑地を耕す人たちに売られていた時代もあったという。

藁を焚く煙ゆっくりひろがりて覆いゆきしか古代の里を

美《び》女《じょ》木《ぎ》

戸田市

京から美しい官女来訪

たまに、東京からタクシーで帰ることがある。首都高を通り、「美女木《びじょぎ》ジャンクション（戸田市）を過ぎて最初のインターを下りてください」などと指示する。

ある日、「『美女木』って、どういう意味なんですか」と運転手に聞かれた。さあ、と答えて、ちょっと調べてみようかなと思った。美女がいたのだろうと想像はついたが、木とは何なのかと。

もとは上笹目と言ったらしい。確かに、地図を見ると隣の町名は「笹目」だ。では、それがどうして変わったのか。

ずっと昔、京から美しい官女たちがここにやってきて、周りの村人が「あそこは美女が来たところだ」と言い始めたため「美女来」となり、「来」が「木」になったと伝わる。地名の由来の多くは、人名だったり地形だったり、あるいは田畑の状態だったりということが多いのだが、「美女が来たから」などというのはちょっと愉快。

もちろん、明らかな根拠は無いのかもしれないが、庶民の感覚としては分かるような気がするのだ。例えば、美女木・内谷・曲本の三つの地区を合併して「美谷本《みやもと》」という新しい地名ができたことがあったらしいが、単に三つを合わせただけだ。

地名は歴史である。ささいな伝説であったとしても、そこには庶民の願いや畏れ、生活の知恵が詰まっている。伝説だからばかばかしい、と一笑に付すことはできない。人は、不可解なことや不条理なことと、何とか折り合いを付けて暮らしているのだから。

男《お》の子らの美女へのあこがれ虚虚実実〈見てきたよう〉に語り継がれて

十二月田《しわすだ》

川口市

街変われど地名に名残

川口市は鋳物の街だ。鋳物といっても今では知る人も少なくなった。早船ちよの『キューポラのある街』が１９６２（昭和37）年に映画化され、吉永小百合の可憐な美しさが評判だったが、それも伝説になってしまった。

キューポラが鋳物の街のシンボルだったのだが、今ではほとんどが廃業し、工場跡地に高層マンションも建って、街の様子がすっかり変わってしまった。

「川口」は、古くは旧入間川の河口付近だったから名づけられたとか、芝川との合流点だからという説もある。現在の加須市にあったといわれる利根川の渡しの辺りが川口と呼ばれたのに対し、「小河口」と言われていた時代もあったという。

地図を見ていると、「十二月田」という面白い名が目に入った。「しわすだ」と読む。川口市立の小・中学校や交差点などに、辛うじて名前が残っている。『新編武蔵風土記稿』には「十二月田村は昔十二月晦日狐来たりて、杉葉を以って田を植えるさまをなせしより、此村名起これりと云奇怪の説なり」と書かれている。

本当に奇怪だが、ここには水田で暮らしを立ててきた日本人の信仰心が感じられる。田植えがどうして十二月の晦日なのかとか、不思議なことはあるけれど。狐は、稲の神様の使いである。だから狐そのものを「稲荷」とも言う。稲荷神社は農耕民族の心の拠り所である。

市内には「赤井」という所もある。閼伽井《あかい》という、仏様に供える水をくむ井戸があったという。日本人の、神仏に対する思いは深い。

これやこの師走狐の声たかく哀しかりけん畦を行きけん

鳩《はと》ケ《が》谷《や》

川口市

細い糸たぐって寺探し

鳩ケ谷市は2011（平成23）年10月、川口市に編入合併された。また歴史がひとつ消えてしまった、という思いが強くなる。「消えた」といっても、自然になくなったわけではないのだ。鎌倉時代の歴史書『吾妻鏡』にも載っているという歴史のある地名。それが住所の一部に残るだけとなってしまった。

古い資料には、「鳩谷」「鳩井」とも書かれていて、かつては「はとがい」と呼ばれていたようだ。熊谷が「くまがや」ではなく「くまがい」だったように。

鳩ケ谷という名称については、「発度郷」という古い地名に由来するという説や、谷地の意味だという説などがある。

合併前の地図を見ていたら、「～丁目」のような画一的な表記も目に付いた。おそらく、近年になって宅地として新しく開発されたのだろう。

ただ、1969（昭和44）年発行の『埼玉県地名誌』に載っている「中居」

「小淵」などという住所が見当たらない。よく探すと、「中居公園」「小渕公園」が見つかった。この辺りの昔の地名の名残ということだろう。浦寺の地蔵院に大きな木がある、と本に載っていた。見に行きたいと思って調べたが、浦寺という町名が見当たらない。
同名の寺は、桜町にあった。山号が共通しているから、同じ寺なのだろうか。「町名が違うが……」と思って地図を見てみると、近くに「浦寺」という交差点があった。細い細い糸をたぐるようで、心もとないかぎりだった。

鎌倉《かまくら》時代から八百年を繋げきし細き糸ついに断つ　鳩ケ井

あとがき

さいたま市（旧大宮市）生れの漫画家、北沢楽天は１９３０（昭和５）年、ロンドンの「ニューボンドストリート１４８」にある、ファインアートギャラリーで個展を開いた。楽天の研究をしている人が、２０１４年にその地名だけを頼りに訪ねていったら、まったく同じ番地にギャラリーがあったという。八十年経っても、まったく変わっていなかったと感激して帰ってきた。

私が今の住所に住み始めた１９９５（昭和30）年には浦和市原山新田だった。その後「新田」がとれ、地番が「何丁目何番何号」になり、「さいたま市」になり、「さいたま市緑区」になった。50年で４回変わった。日本の今の状況はおかしくないか。

地名が歪んでいる。地名には歴史、地形、人々の生活、伝説などさまざまな要素があるはずなのだが、最近の合併にともなって、由緒がわからなくなってきているのではないだろうか。

私の住んでいるさいたま市は浦和、大宮、与野、後に岩槻が加わって出来た市だが、どういうわけか平仮名書きになってしまった。子供にも読めるようにという理由もあると聞いた。子供でも漢字が読める年齢になれば自分の住んでいる町の名前は読めるようになる。たとえば自分の名前、どんな難しくても小学校に入るころにはきちんと書ける。それと同じだ。全国の子供のすべてが読めて書ける必要はないのだ。

古くからの名前を捨てて意味のない地名になる。たとえば緑町、朝日が丘などなど。また中央町何丁目、東西南北の何丁目、といったように意味の無い地名が増えている。

これはまさに暴力のようなものである。公募という、いかにも民主的な方法のように見えるが、本当にそうだろうか。地価とかイメージとか、そんな経済効果や表面的な理由で伝統ある地名を変えてはいけない。

そんな思いで地名を巡り歩いた紀行のエッセイである。朝日新聞埼玉版に連載してきたものなので、多少重複するところがあるかもしれない。

これを機に、自分の住んでいる場所がどういうところなのか、あらためて見回していただけると有り難いと思う。

「さきたま出版会」の星野和央さんには、出版について大変お世話になりました。お礼申しあげます。

二〇一四年　師走

沖　ななも

沖ななも（おき　ななも）

昭和20年（1945）茨城県古河市に生まれる。加藤克巳主宰の「個性」に入会。終刊により「熾」創刊・代表となる。

〈著書〉詩集『花の影絵』、歌集『衣裳哲学』『機知の足首』『木鼠浄土』『ふたりごころ』『天の穴』『一粒』『沖ななも歌集』『三つ栗』『木』、エッセイ集『樹木巡礼』『神の木民の木』『季節の楽章』『明日につなぐ言葉』、入門書『優雅に楽しむ短歌』『今から始める短歌入門』、評論『森岡貞香の歌』
現代歌人協会賞、埼玉文芸賞、埼玉文化賞ほか受賞。

現代歌人協会常任理事、埼玉県歌人会副会長、NHK 友の会選者。朝日新聞埼玉版、埼玉新聞、茨城新聞など短歌欄の選者。

埼玉《さいたま》 地名《ちめい》ぶらり詠《よ》み歩《ある》き

2015年3月10日　初版第1刷発行

著　者　　沖　ななも

発行所　　株式会社さきたま出版会

〒336-0022　さいたま市南区白幡3-6-10
電話 048-711-8041　　振替 00150-9-40787

印刷・製本　関東図書株式会社

装　　丁　横山 典子

NANAMO OKI ©2015　ISBN 978-4-87891-417-1 C0023